丁立梅 _ 著

写作五十谭

金城出版社　西苑出版社

·中国 北京·

图书在版编目（CIP）数据

写作五十谭 / 丁立梅著. -- 北京: 金城出版社有限公司: 西苑出版社有限公司, 2025.3. -- ISBN 978-7-5155-2659-1

I. I267

中国国家版本馆CIP数据核字第2024G3Q290号

写作五十谭

作　　者	丁立梅
责任编辑	张纯宏
责任校对	张超峰
责任印制	李仕杰
开　　本	710毫米×1000毫米　1/16
印　　张	16.25
字　　数	200千字
版　　次	2025年3月第1版
印　　次	2025年3月第1次印刷
印　　刷	天津旭丰源印刷有限公司
书　　号	ISBN 978-7-5155-2659-1
定　　价	45.00元

出版发行	金城出版社有限公司　西苑出版社有限公司
	北京市朝阳区利泽东二路3号　邮政编码　100102
发 行 部	(010)84254364
编 辑 部	(010)64210080
总 编 室	(010)88636419
电子邮箱	jinchengchuban@163.com
法律顾问	北京植德律师事务所（电话）18911105819

一个词与另一个词组合。
一个句子与另一句子邂逅。
一段话与另一段话坐在一起，
就开启了一个新的局面。

　　这本书是我从事写作多年的一点心得，算不得经验之谈。如果你愿意，就把它当作纯粹的散文来阅读好了，它会带给你愉悦和明亮。

　　倘使在你阅读的同时，受到触动了，对写作忽然产生了兴趣，你也想写了，并且立即付诸行动，我将更为高兴。

　　写作难吗？

　　难。如果你总是怕读、怕写，对身边事物乃至于对这个世界越来越态度漠然，寒来暑往花开花落，再不能惹动你一丝情绪的波动，不到万不得已，你绝对不肯动笔。那么，你想要才思敏捷妙笔如花，的确很难。有个成语叫熟能生巧，在一个领域待久了，对这个领域的门门道道，自然烂熟于心。写作亦如此，你一直在它的门外踯躅，对它莫名地畏惧着，一点儿也不肯亲近，如何能凭空生出"巧"来？

　　写作又是极容易做的一件事。

　　如果你能爱上阅读，并不断提高你的阅读能力，你就有可能获得通向写作之门的一把钥匙。

　　我说的这个阅读，包括两方面的阅读。

　　首先，我们要学会阅读四季变换世间万象。

　　我们每个人从记事起，其实就开启了阅读之旅。

　　每天我们一睁开眼睛，这个世界的颜色便蜂拥而至。伴随而来的,还有各种各样的声音和气味。这些颜色、声音和气味里,充满了生生之趣。如果你能捡拾起一二,你的人生却变得很有意思。你下笔的时候,将有源源不断的素材。四季变换世间万象,是创作的根源所在。

其次,我们要学会阅读书籍。

也许你也是喜欢阅读的,但喜欢阅读不代表会阅读。如果是走马观花般的,只冲着书中离奇的故事和情节而去,满足一下好奇心和窥私欲,这样的阅读,读得再多,也不能完成知识积累。好的风景要慢慢走,慢慢看,才能入眼入心,才能记忆深刻。好的书籍就如同好的风景,我们读的时候,一定要放慢速度,边读边思考,适时地做些摘抄和笔记。对那些特别好的作品,你不妨反复阅读,每次阅读,带给你的感受会不一样的。一些用词是多么恰当,一些句子是多么激荡,你会从中揣摩出一两点别人作品中的"窍门"。久而久之,你也能写出这样的作品来了,甚至有可能超越。

勤阅读,多动笔,是写作的真正"秘笈"。当你阅读到一定程度,当你写得越来越多,你将惊奇地发现,你手底下的文字,会变魔术了:一个词与另一个词组合。一个句子与另一句子邂逅。一段话与另一段话坐在一起,就开启了一个新的局面。好比小时候我们玩万花筒,稍一转动角度,就会变幻出一个新的世界。这个时候,你开始真正爱上文字了。你的人生将因文字而变得阔大,妙趣无穷。

目录

第一辑 捕捉灵感

让你的"五觉"动起来 / 002

风景这边独好 / 007

带着一双眼睛上路 / 012

生活中的小确幸 / 016

低到尘埃 / 021

捕捉灵感 / 026

有种记忆叫童年 / 030

花言花语 / 034

一米阳光 / 039

第二辑 想象是语言的音符

"游"来"游"去 / 046

于平凡处见真情 / 051

从寻常里，找出不寻常 / 056

欢喜心 / 060

永远的天籁 / 064

文字的落脚点 / 068

好奇心 / 073

身边之美 / 078

插上想象的翅膀 / 082

想象是语言的音符 / 086

第三辑　化有形于无形

来点"豆瓣酱"吧 / 092

白布上绣红花 / 097

给你的文章安上"眼睛" / 102

化有形于无形 / 107

剪落的苹果花 / 112

返璞归真 / 117

做个高明的"裁缝" / 121

曲径通幽 / 126

"扣子"的妙用 / 131

雕镂好你的"门楣" / 136

景与情 / 141

第四辑　文字的节奏

僧敲月下门 / 148

一杯佳酿 / 153

一茧抽出万般丝 / 160

文字的节奏 / 165

留白 / 170

细节之美 / 175

静中有动 / 179

用音乐煮文字 / 183

静水流深 / 188

虚与实 / 192

恰如其分 / 197

第五辑　意境，在音声之外

让事物在描摹中鲜活 / 204

以我手，写我心 / 209

意境，在音声之外 / 216

小人物身上的人性光芒 / 220

一滴水的光芒 / 225

别把人物脸谱化 / 230

进入角色 / 234

别让你的文字变成塑料花 / 238

燃一支烛火 / 243

第一辑

捕捉灵感

灵感和幸福一样，
不会主动来敲你的门。
你必须带着一颗敏感的心，
去寻找，去捕捉，
把每一场相遇，都当作邂逅。

让你的
"五觉"动起来

记得我念中学时,老师教我们写作文,每一次都这么强调着,你们要学会细心观察事物呀。

就有孩子傻傻地盯着教室外的几棵梧桐树看,一看就是老半天。树上大多数时候,都绿顶如盖。有小麻雀,在上面跳跳蹦蹦地玩耍,闹哄哄的。偶尔路过的风,在树上歇脚,把一树肥阔的绿叶子,拨弄得哗啦啦作响。

孩子看半天,也看不出什么名堂来,最后很是委屈地跟老师说,老师,我也观察了,可是,树还是那几棵树啊。——老师哑然,不知拿什么回他,也只好这么说,你要用心呀,用心观察呀。

唉,这个用心,真正是难死人了。到底怎样的观察,才叫用心呢!

一些年后,当我走上了写作的路,始才明了老师当初讲的那句用心观察之意。"心",原是牵动着"五觉"的。用心用心,也就是要启动你的"五觉",让"五觉"都能跟着你的心,动起来。

这"五觉",人人都具备,指的是视觉、触觉、听觉、嗅觉和味觉。

正常情况下,我们首先调动的,是视觉。眼睛最大的功用,就是看。让眼中所见之物,反映到你的笔下。像我在下文《五月》中,就大量运用了视觉之功效。比如:

我抬头，看到一只鸟，野鹦鹉，或是画眉，正站在一棵浓密的银杏树上发呆。那是午后的好时光，阳光打在银杏树上，片片叶子，都闪闪发光。一个老人从树下过，手上托一把茶壶，施施然。

在这同时，我们其他的"几觉"也不能闲着，也要跟着行动起来。比如，触觉。触觉也就是通过触摸，对一事物得出具体鲜明的印象。我曾描写过荷花玉兰，说它是白绸缎叠的。那是因为，我真的用手触摸过它，它的每一瓣花，都极柔软且醇厚，跟白绸缎差不多；触觉还可以通过感官感知。《五月》中，我写到杉树的叶子："青嫩青翠得可以摘上一把，拌了吃。"这就是通过感官感知到的触觉。

听觉、嗅觉和味觉这三觉，应该不难理解。听觉是指通过耳朵去听，如我在《五月》中所写到的：

鸟的叫声，也是饱含了绿意的，只轻轻一婉转，那绿，仿佛就滴淌下来。

嗅觉则是借助于鼻子的闻。世上万物，各有各的味道，你代替不了我，我替代不了你，所以，每一个事物，都是这个世上的唯一：

你不用眼睛看，用鼻子闻闻，就知道是槐花开了，它把甜蜜的气息，一点不留地泼洒在半空中。你顺着甜味找过去，准不会让你失望，一树的槐花，撑着一肚子洁白的甜蜜。

味觉主要靠的是舌头的品尝。有时，也不排除鼻子的功劳。好的滋味，会叫人惦念，甚至日思夜想魂牵梦萦。它或许是母亲做的一碗面疙瘩、一盘炒鸡蛋；它或许是一块糖的甜，一只苹果的香；它或许，就是你记忆里的一种味道，一种忘不掉的故园的味道。

第一辑　捕捉灵感　003

母亲说，回家一趟吧，家里的蚕豆可以吃了。我这才发现，街上到处有卖新蚕豆的，碧绿饱满的荚里，躺着翠玉一般的蚕豆。雪菜烧是好的。蒜苗烧是好的。油焖是好的。哪怕就清水煮着，稍稍搁点盐，也是一股子的清香，又粉又嫩。

如果我们平时在观察事物时，都能把"五觉"调动起来，在写作中，相互融会贯通。那么，一盘子活色生香的文字，也就很容易烹调而成了。

五月

五月，是没有多余的话要说的。

就像一个人，已然经过青春的轰烈，渐渐落入过日子的寻常与平稳中，一鼎一镬，温暖敦厚，是不用再急急地去表白的。五月的表情，喜悦平和。

草木走到五月，已走到它们的盛年。这个时候，没有一棵树不是绿的。没有一棵草不是蓬勃招展的。杉树的叶子，青嫩青翠得可以摘上一把，拌了吃。爬山虎携着一枚一枚的绿，贴满了人家满满一面墙。我早上走过时，望上几眼。晚上走过时，再望上几眼，心底有绿波在荡。

鸟的叫声，也是饱含了绿意的，只轻轻一婉转，那绿，仿佛就滴淌下来。我抬头，看到一只鸟，野鹦鹉，或是画眉，正站在一棵浓密的银杏树上发呆。那是午后的好时光，阳光打在银杏树上，片片叶子，都闪闪发光。一个老人从树下过，手上托一把茶壶，施施然。我望着，心动一动，笑了，五月是这样的安妥，风清日朗，让人步履轻盈。

五月的花不多，少有漫天漫地的了，但一个顶一个卓尔不凡。譬如槐花。譬如蔷薇。

你不用眼睛看，用鼻子闻闻，就知道是槐花开了，它把甜蜜的气息，一点不留地泼洒在半空中。你顺着甜味找过去，准不会让你失望，一树的槐花，撑着一肚子洁白的甜蜜。——但你还是要惊喜一番，哎，槐花开了！恨不得像小时一样，爬上树去，捋上一把吃。但到底，你只是站定了，不动，静静地看着那一树莹白的花。岁月过去了很多年，花还是昔日的样子，真好。

蔷薇则开得比较含蓄。它像温婉娇小的女子，踩着五月的节拍，不紧不慢地，碎步轻移，一朵一朵往外吐。每一朵，都是精挑细选的，细皮嫩肉的好模样。人家墙头上有那么一丛蔷薇，那墙头就幸福得不得了，尽管油漆斑驳，却清秀古朴得很。

五月还有个节气，叫小满，"物至于此小得盈满"。小富则安。我却在这叫法上低回，小满小满，是小小的满足。日子里，少有大起大落的，要的就是这小小的满足，来安抚走倦了的心。

这个时候的乡下，现出丰腴富足的好景象，"麦穗初齐稚子娇，桑叶正肥蚕食饱"。还有桃结果了。还有梨结果了。新蚕豆也上市了。

母亲说，回家一趟吧，家里的蚕豆可以吃了。我这才发现，街上到处有卖新鲜蚕豆的，碧绿饱满的荚里，躺着翠玉一般的蚕豆。雪菜烧是好的。蒜苗烧是好的。油焖是好的。哪怕就清水煮着，稍稍搁点盐，也是一股子的清香，又粉又嫩。想想世上有这般美食，总是让人舍不得的。

五月，气温变得四平八稳，不再上蹿下跳，我们开始穿单衣了。棉袄晒晒收起来。围巾晒晒收起来。厚被子也换成薄的了。冬日的沉重，彻底远离。隔壁邻居家的小孩最高兴，他刚学会走路，整天被包裹得里三层外三层的，走路像企鹅。现在，他自由了，一件汗衫套着，藕段般粉白的四肢乱动，就差有一对翅膀飞上天了。他急急地走，急急地，后面跟着他的祖母，一迭声叫，慢点，慢点。小孩哪里听，他只管一路向前冲着，挥动着双臂，咯咯笑着，满满的世界，满满的未知，等着他去一一相见。

梅子的话

在向别人讨教如何写作时，我们没少听过这样的经验之谈：要学会观察事物。

这"观察"二字，真是抽象笼统得很，让人抓不住，摸不着。然当我们具体到"五觉"上来，通过我们的眼、耳、鼻、舌等，与具体事物亲密接触，我们是不是立即有了立体的感觉？写到它们时，就不会再苦于无从下手了。我们可以从它们的颜色、样貌上去写，我们也可以从它们的气味、质感上去写，再与自己的情感体验联系起来，水到渠成。

风景这边独好

有一段日子,我在外租房住。我租住的小区,建筑都是上个世纪八十年代初的,楼高不过三层。我租住在三层的一个套间里。

有事没事,我爱站楼上的后窗口往外看。我会看到直笔笔的杉树,高过楼顶去了。夏天绿着。秋天黄着。杉树上不时有鸟来造访,花喜鹊、白头翁、野鹦鹉、画眉、小麻雀……它们在杉树上聚会,亲亲热热地啾啾,叽叽,彼此一点也不生分。把一方空气搅动得灵动起来,水一样的。鸟比我们人类心胸广阔,鸟不设防。

杉树的枝干上,有丝瓜的藤蔓顺势而上。夏秋的天,丝瓜把花朵开在半空中。一朵一朵的小黄花,在清风里,笑微微。对着它们看久了,我也忍不住想笑。

杉树的后面,又一排人家。翠绿掩映着,旧的房,透出优雅来。那些人家,喜欢捧了花被子出来晒。大朵的阳光,开在花被子上,让人无端地生出许多感动来。阳光多么慷慨,它善待这尘世中的每一个生命,公平,无有遗漏。想,我们人类若都能拥有一颗阳光的心,这世上该少去多少寒冷、阴霾和伤害。

下楼去。楼后就是一条小径,东西走向。小径两旁,有少许空地,那上面从来不会寂寞。一些住户,在里面长葱长蒜长青椒长番茄长小青菜。因空地有限，每样植物，也只能种上一两棵，根本不够吃。他们不介意。本来长这些就不是为吃，而是为看的。每每路过，看到植物们绿是绿，红是红的，养眼哪！人图的就是这样的乐趣。

花是少不了的。一串红和凤仙花、胭脂花为最多。这些花不用打理，自会去占领天下。它们见缝插针地长，毫无章法地长，把花开得东一朵西一朵的，倒有种肆意的美。路过的人，有的会停下来看一看，有的不会。花无所谓的，它们忙着呢，忙着扎根土地，忙着与清风嬉戏，忙着开它们的花。花的精神，值得我们人类学习。

最赞的是那丛扁豆。当初，是谁丢下的一粒种子呢？它从一棵小芽芽开始，抽丝剥茧般地，一日一日葳蕤。在你根本还没留意的时候，它早已顺着树枝和电线，搭出一条花的走廊，上面缀满紫色的小花。某天，你从那里过，你抬头，突然看到你头顶上方，绿底子紫花朵的花架子。明媚，欢天喜地，你有种被珍重的感觉。你除了幸福，说不出别的。

我的朋友在我的描述下，心动了，跑去我租住的小区赏景。她把小区逛了一遍，再一遍，很失望地对我说，你这里没什么可看的啊，房子也旧，那些树和花草，别的地方也有。

我莞尔。她哪里知道，在一个写作者的眼里，从来没有寻常。所有的相遇，都是隆重的。所有的景致，都是独一无二的，——风景这边独好。我们在写作中，要培养的，正是这种能力。拥有一颗敏感的心，去感受寻常之下的美好，化寻常为独特，从而懂得爱和珍惜。只有这样，我们的文字，才能在寻常的事物里，摇曳生姿。

满架秋风扁豆花

说不清是从哪天起,我回家,都要从一架扁豆花下过。

扁豆栽在一户人家的院墙边。它们缠缠绕绕地长,你中有我,我中有你。顺了院墙,爬。顺了院墙边的树,爬。顺了树枝,爬。又爬上半空中的电线上去了。电线连着路南和路北的人家,一条人行甬道的上空,就这样被扁豆们,很是诗意地搭了一个绿篷子,上有花朵,一小撮一小撮地开着。

秋渐深,别的花且开且落,扁豆花却且落且开。紫色的小花瓣,像蝶翅。无数的蝶翅,在秋风里舞蹁跹。欢天喜地。

花落,结荚,扁豆成形。五岁的侄儿,说出的话最是生动,他说那是绿月亮。看着,还真像,是一弯一弯镶了紫色边的绿月亮。我走过时,稍稍抬一抬手,就会够着路旁的那些绿月亮。想着若把它切碎了,清炒一下,和着大米饭蒸,清香会浸到每粒大米的骨头里——这是我小时的记忆。乡村人家不把它当稀奇,煮饭时,想起扁豆来,跑出屋子,在屋前的草垛旁,或是院墙边,随便捋上一把,洗净,搁饭锅里蒸着。饭熟,扁豆也熟了。用大碗装了,放点盐,放点味精,再拌点蒜泥,滴两滴香油,那味道,只一个字,香。打嘴也不丢。

这里的扁豆,却无人采摘,一任它挂着。扁豆的主人大概是把它当风景看的。于扁豆,是福了,它可以不受打扰地自然生长,花开花落。

也终于见到扁豆的主人,一整洁干练的老妇人。下午四点钟左右的光景,太阳跑到楼那边去了,她家小院前,留一片阴。扁豆花却明媚着,天空也明媚着。她坐在院前的扁豆花旁,膝上摊一本书,她用手指点着书,一行一行读，朗朗有声。我看一眼扁豆花，看一眼她，觉得他们是浑然一体的。

此后常见到老妇人，都是那个姿势，在扁豆花旁，认真地在读一页书。视力不好了，她读得极慢。人生至此，终于可以停泊在一架扁豆花旁，与时光握手言欢，从容地过了。暗暗想，真人总是不露相的，这老妇人，说不定也是一高人呢。像郑板桥，曾流落到苏北小镇安丰，居住在大悲庵里，春吃瓢儿菜，秋吃扁豆。人见着，不过一乡间普通农人，谁知他满腹诗才？秋风渐凉，他在他居住的厢房门板上，手书浅刻了一副对联"一庭春雨瓢儿菜，满架秋风扁豆花"。几百年过去了，当年的大悲庵，早已化作尘土。但他那句"满架秋风扁豆花"，却与扁豆同在，一代又一代，不知被多少人在秋风中念起。

大自然的美，是永恒的。

清学者查学礼也写过扁豆花："碧水迢迢漾浅沙，几丛修竹野人家。

最怜秋满疏篱外，带雨斜开扁豆花。"有人读出凄凉，有人读出寥落，我却读出欢喜。人生秋至，不关紧的，疏篱外，还有扁豆花，在斜风细雨中，满满地开着。生命不息。

梅子的话

庸常的生活，琐碎的事物，很容易让我们的视觉、听觉、味觉、触觉都变得迟钝，我们心生抱怨，以为生活是寡淡的，无趣的，看

不到平淡中，也有大美在。

　　我们需要用文字来激活它。像我在上文中写到的扁豆花，它就在那里，一天一天，被人忽略。当它被我移植到文字里，却一下子变得风姿绰约起来，它身上蕴含的，已不仅仅是一株植物那么简单。读到的人惊讶一声，哦，原来，扁豆花也是这么美！再遇扁豆花，他们会为之驻足，发出会心的一笑。寻常的好，便这样，一点一滴，渗入心间。

带着一双眼睛上路

我在北方一所中学做讲座,那是四月的事。校园里很春天,迎春花开得蓬蓬勃勃,一蓬一蓬金黄。还有连翘,还有金银花,毫不谦让地怒放着,也是一蓬一蓬金黄,仿佛要把整个春天都揽进怀里。我还留意到,他们操场边的杨树上,爬满嫩绿的小叶子,跟水泡泡似的。四棵,粗壮高大,很有些年头的样子。寻问,果真是。已有百十年的历史了。在报告会上,我拿这事举例,我说知道你们操场边有四棵杨树吗?这个春天里,它们曾经光秃的枝条上,又爬满新的生命。再几场春风几场春雨,它们将绿叶如盖。全体师生哗然,他们日日从操场边经过,却愣是没有看到杨树,更不知道有四棵。

我们忽略的,又岂止是四棵杨树?路边的风景日日相似,路边的风景,却又日日不同。无门禅师有首很出名的诗:"春有百花秋有月,夏有凉风冬有雪。"道出的,是四季都有好风光。但有多少人能感受到四季之好?每日里脚步匆匆,我们忽略了多少身边的美好啊!

还是让我们,带着一双眼睛上路吧。

去惊奇于路边的一朵花。草丛中,粉蓝粉蓝的小野花。它在那里,它就在那里,热烈奔放,不离不舍。寻常的生命,透出无尽的欢喜,让人倍感活着的珍贵。

去好奇于路边的人。有时,是摆地摊卖旧书刊的中年男人,对他来说,生活或许是艰难的，他却哼着歌，笑眯眯地望着街景；有时，是一个清扫垃圾的妇人，她大着嗓门在跟人说话，说的是昨晚看的电视连续剧，她黝黑的脸上，漾满笑意；有时，是一个小孩，蹒跚着脚步，追着一片落叶跑，像一只快乐的小猫……凡尘俗世，无一时无一刻，不是鲜活的，热情的。

也请你，不时地抬头看看天空。天空最有看头了，云彩像魔术师，几乎每一分每一秒都在变化着，一会儿变出一群羊，一会儿变出山川河流，一会儿又变出千朵万朵花来。有月的夜晚，你更不要错过。看看吧，看看星星是怎么冒出来的。看看月牙儿是怎样一天一天，丰满圆润起来的。生命的喜悦，正在这里。

当你能够带着一双眼睛上路，你的笔下，将会有源源不断的生命在欢腾。

紫粉笔含尖火焰

紫玉兰盛开，不像真的，像紫玉雕的鸽。一树，看不见别的，无数只紫玉雕的鸽，挤在一起，在春风里嬉戏。

人爱它，又唤它望春花。盼春天的心情是何等急迫，是等不及漫漫冬天过去的，便早早跃上枝头，踮起脚尖，极力远眺。春天在它的远眺中，终于姗姗而来。它是何等欢喜，守望的心，嘭嘭嘭全都开了花。每一朵，都是一只展翅欲飞的玉鸽。让望见的人也跟着欢喜，哦哦，春天到了。

我想起小时，父亲与我们，总是聚少离多。他带着他的工程队，南上北下，一去数日。我天天守在家门口张望，希望看到他高大的身影。终于望回父亲，我雀跃着去迎，快乐是洒了一路的。旁有邻居站定了，笑微微地看着，嘴里说，这孩子。是帮着欢喜的。世间还有什么比团聚更让人幸福？没有的。就像紫玉兰与春天相聚。父亲的大衣口袋，像魔术口袋，从里面会变出糖果和糕点。有一次，还从里面变出万花筒。那是一个孩子的春天。

紫玉兰还有个名字，叫辛夷。这名字让人费思量，倒像唤一个人。最好是女孩子，边远山区，生在深山人不识，素朴纯真，清新姣美，有脱俗的好。后来，我在一处看到关于这个花名的由来，说是在久远的古代，有一读书人，患鼻病久矣，被鼻病折磨得痛苦不堪，四处寻医无果。最后，这个读书人实在不堪折磨，也忍受不了漫漫求医路，打算一死了之。那日，他走到一棵树下，正打算自缢，恰逢一砍柴人路过。砍柴人救下他，询问详情，读书人辛酸地告之。砍柴人笑了，说，要治好这病有何难？遂赠他花蕾几朵，嘱他煎服。读书人依言煎服此花蕾，折磨他的鼻病，竟奇迹般渐渐痊愈。读书人感念此花，把它带回家乡，馈赠乡里。因那年正值辛亥年，又此花来自夷人所赠，人问花名，读书人脱口而出，辛夷。

我喜欢这个传说，带有报恩的意思。从此，辛夷被世人记住，庭前屋后，多有栽种，视为吉祥。《楚辞·九歌》中有"辛夷楣兮药房"之句，这里的辛夷，被当作香木用，做成门楣。明代袁宏道《横塘渡》里的辛夷，则让人浮想联翩：

妾家住虹桥，朱门十字路。
认取辛夷花，莫过杨梅树。

她与他，路上偶遇，一见倾心。分别之时，她相约他到她家。乡村小屋，家家相似，独独她家，屋前开着一树辛夷花。她嘱托，莫走错了莫走错了，你只要认准开着辛夷花的那家。这里的紫玉兰，成就了人间一段好姻缘也未可知。

我上班的路上，长有一棵紫玉兰。春天才掀开一角，它已迫不及待抖搂出一树的颜色，活活泼泼，清清丽丽，把一方天空，衬托出无比生机。树下的长木椅上，总坐着一些老人，他们在花树下谈天说地，吹拉弹唱，晚年的生活，被蒸腾出另一番热闹旖旎。我经过那里，看着一树青春蓬勃的花，映照着夕阳般的老人，总要莫名地感动。

　　白居易写的《题灵隐寺红辛夷花，戏酬光上人》比较有趣：

　　　　紫粉笔含尖火焰，红胭脂染小莲花。
　　　　芳情相思知多少，恼得山僧悔出家。

　　花是这样的好，含苞时，像一支支火焰。盛开时，像一朵朵胭脂染过的小莲花。一树一树的火焰与小莲花，点燃了多少相思。山里的僧人对着热烈的紫玉兰，生了还俗心，唉唉唉，悔不该当初一脚踏进这佛门啊。

　　看哪，有紫玉兰凌凌开着，这个红尘，多么叫人留恋。

梅子的话

　　有一年春天，我去扬州瘦西湖，看到最多的花，就是紫玉兰。一树一树，无数的紫色鸽子在飞。彼时，我尚不知它叫什么名字。却惦记上了，逢人便问。人都瞎猜，说什么花的都有。

　　有那么一天，我终于在小城里看到这种花。它长在我上班的路上，在一个小公园的边上，一树的繁花，轰轰烈烈，撞疼了我的眼。我甚是惊讶我对它的忽视，它原先也一定在的。我怀着歉意，把它移进我的文字里，想让更多的人，看到这滚滚红尘中的美。

生活中的小确幸

我对写作班的学生讲日本的作家村上春树。我说他对我们最大的影响，不是他的小说，而是他的一本精短散文集《兰格汉斯岛的午后》。这本散文集把一个幸福的词带给了我们，这个词叫：小确幸。我们笔下的文字，更多的要展示的，正是这样的小确幸。

什么是小确幸？有学生不解地问。

我答，就是生活中那些微小的但确切的幸福。比如，村上春树自己选购内裤，把洗涤过的洁净内裤卷折好，然后整齐地放在抽屉中，这件微小的事，就让他感到一种真切的幸福。

学生们大笑起来，这也叫幸福？

难道不是？当你能迈着健康的双腿，自己走进商场，徜徉在琳琅满目的商品中，挑选到自己喜欢的内裤。并且口袋里有钱，可以付款把它买回家，这是幸福。当你能亲自洗涤它，晾在阳光下，让它饱吸阳光的温暖，最后把它折叠好收藏好，你拥有做成一件事的成功感，这也是幸福。

原来，我们每个人都活在这样的一些小确幸里，只不自知。习惯成自然，自然成麻木，让我们生生错过许多的愉悦：

每天早晨，妈妈叫醒你，热热的早饭已端上桌，糯米熬成的粥，芳香扑鼻的包子，还有一只咸鸭蛋。这是小确幸。

下雨的天，你撑一把小花伞，在雨中走，听雨在伞上叮咚，如音符流淌。这是小确幸。

一朵花开在风中，像昂扬的小脸蛋。你遇见，你微笑了。这是小确幸。

你骑着单车，一路唱着歌。大街两边的树，碧绿复碧绿，你想象自己也是绿树一棵。这是小确幸。

你躺在沙发上睡熟了，睡梦中，一条毛毯轻轻覆在你身上。醒来，果然是。那是家人给你盖上的。这是小确幸。

路遇一陌生人，突然对你点头微笑，提醒你，你的东西掉了。你低头，嗯，地上正躺着你的钱包。这是小确幸。

你偶尔看了一场通宵电影，或是彻头彻尾地玩了一天。这是小确幸。

你在地摊上闲逛，淘到一本喜欢的旧书，书的纸页都发黄了，里面的文字却还散出幽香。这是小确幸。

一只鸟在窗外叫，啁啁，啾啾，婉转悠扬。它让你一下午的时光，变得格外宁静。这是小确幸。

…………

我们的生活里，处处都是这些小确幸啊，它们就如荻花飞扬，漫天漫地，哪里数得清？我们的文字，有时要做的，并不高深并不玄奥，也并非一定要轰轰烈烈，只需把这些小确幸，移植到里面，让它们在文字里鲜活，给更多的人带来最真切的幸福和温暖。

小欢喜

喜欢这样一种状态：太阳很好地照着，我在走，行人在走。微笑，我们对面相见不相识。心里却萌生出浅浅的欢喜，就像相遇一棵树，相逢一朵花。

路边的热闹，一日一日不间断。上午八九点的时候，主妇们买菜回家了，她们蹲在家门口择菜，隔着一条巷道，与对面人家拉家常。阳光在巷道的水泥地上跳跃，小鱼一样的。我仿佛闻到饭菜的香，这样凡尘的幸福，不遥远。

也总要路过一个翠竹园。是街边辟开的一块地，里面栽了数杆竹，盖了两间小亭子，放了几张石凳石椅，便成了园。我很爱那些竹，它们的叶子，总是饱满地绿着，生机勃勃，冬也不败。某日晚上路过，我透过竹叶的缝隙，看到一个亮透了的月亮，像一枚晶莹的果子，挂在竹枝上。天空澄清。那样的画面，经久在我的脑海里，每当我想起时，总要笑上一笑。

还是这个小园子，不知从哪天起，它成了周围老人们的天下。老人们早也聚在那里，晚也聚在那里，吹拉弹唱，声音洪亮。他们在唱京剧。风吹，丝竹飘摇，衬了老人们的身影，鹤发童颜，我常常看得痴过去。京剧我不喜欢听，我吃不消它的拖拉和铿锵。但老人们的唱我却是喜欢的，我喜欢看他们兴高采烈的样子，那是最好的生活态度。等我老了，我也要学他们，天天放声歌唱，我不唱京剧，我唱越剧。

路走久了，路边的一些陌生便成熟悉。譬如，拐角处那个卖报的女人，我下班的时候，会问她买一份报，看看当天的新闻。五月，她身旁的石榴树，全开了花，一盏盏小红灯笼似的，点缀在绿叶间，分外妖娆。我说，你瞧，这些花都是你的呀。她扭头看一眼，笑了。再遇见我，她会

主动跟我打招呼，送上暖人的笑。有时我们也会聊几句，我甚至知道了，她有一个女儿，在读高中，成绩不错。

　　还有一家花店，开在离我单位不远的地方。花店的主人，是个男人，看起来五大三粗的。男人原是一家机械厂的职工，机械厂倒闭后，男人失了业。因从小喜欢花草，他先是在碗里长花，阳台上长一排，有太阳花，有非洲菊，有三叶草。花开时节，他家的阳台上，成花海。左邻右舍看见，喜欢得不得了，都来问他讨要。男人后来干脆开了一家花店，定制了一些奇奇怪怪的小花盆，专门长花草。那些小花盆里长出的花草，都一副喜眉喜眼的样子，可爱得很。看他弯腰侍弄花草，总让人心里生出柔软来。我路过，有时会拐进去，问他买上一盆两盆花，偶尔也会买上几枝百合回家插。他每次都额外送我几枝满天星，说，花草可以让人安宁。真想不到这样的话，是他说出来的。一时惊异，继而低头笑，我是犯了以貌取人的错的。我捧花在手，小小的欢喜，盈满怀。

　　也在路边捡过富贵竹。是新开张的一家店，门口祝福的花篮，摆了一圈。翌日，繁华散去，主人把那些花篮，随便弃在路边。我看见几枝富贵竹夹杂在里头，蔫头耷脑的，完全失了生机。我捡起它们，带回家，找一个玻璃瓶插进去。不过半天工夫，它们的枝叶已吸足水分，全都精神抖擞起来。

　　再隔几日，那几枝富贵竹竟冒出根须来，隔了一层玻璃看，那些根须，很像银色的小鱼。我把它们放在我的电脑旁，无论我什么时候看它们，它们都是绿莹莹的。这捡来的一捧绿，让我心里充满感动和快乐。

　　曾经我想过一个问题：这凡尘到底有什么可留恋的？原来，都是这些小欢喜啊。它们在我的生命里，唱着歌，跳着舞。活着，也就成了一件特别让人不舍的事情。

梅子的话

写作日久,我常常想这样一个问题:什么样的文字才是最动人的?有人说,要悲,要让人痛哭流涕。有人说,要壮阔,要让人感到气势磅礴。这固然是有道理的,但我以为,最动人的文字,常常是极细微的生活,是烟火凡尘里的活,它往往不引人注目。这正如老子说的,大音希声,大象无形。

芸芸众生,都在这个尘世里生生不息,说到底,就在一个"活"字。这活,是由无数个细微的事件串起来的。如我上文中写到的小欢喜。如村上春树所说的小确幸。

低到尘埃

我上班的地方，离我家七八里远，能走着去的时候，我大抵会选择走着去。走路的好处不仅仅在于，可以锻炼身体，更在于，能够饱览沿途风光，不慌不忙地。这风光里，有植物，有房屋建筑，有市井人生，都是低到尘埃里的。

先说说植物。一路上，单单是树，就有上百种。这时节，玉兰花一径开过去，洁白硕大，一副丰衣足食的好模样。再过些日子，紫薇们该登场了。一路的紫薇花商量好了似的，一齐绽放，望过去，犹如天上的云锦落下来，灿烂绚丽。待到紫薇开过，栾树的果实，则开始甜蜜起来，它们亲密地抱成团，红灯笼似的，艳红半边天。

路边的泥地里，植物们更是丰富妖娆，狗尾巴草、蒲公英、婆婆纳、车前子、一年蓬……它们缠绵在一起，生长得兴兴的。即使远离故土，散落到天涯，它们也能很快蓬勃起来，不放弃任何一丝活的机会。甚至在人家的瓦楞间，它们也能开开心心地生长，生长得很繁茂。

我喜欢观看这样的瓦楞，和瓦楞间的小草们。我以为，每一幢上了年纪的建筑，都会说话。且看看那斑驳的墙壁；且看看那灰得发黑的瓦楞；且看看那瓦楞间的小草，枯了又荣，荣了又枯。它们无一不在诉说着历史，——都是关于尘世的活。一天又一天，一年又一年，一代又一代。

第一辑 捕捉灵感 021

我总要在这样的老房子跟前停下来，止不住想上一想，它里面住过好几代人吧？他们都曾有过怎样的故事？日子翻过一页再一页，他们的痕迹在那斑驳的墙壁上吧，在那灰得发黑的瓦楞上吧。有老妇人开门出来，坐到门前的小矮凳上择菜，花白的头发上，落满阳光的碎影子。她身后的窗台上，蹲着一只小黄猫，眯着眼在打盹。我远远站着看，看老房子，看老妇人，看小黄猫，这尘埃里的鲜活，仿佛永生永世。

当我落笔准备写文章的时候，我的脑海中，反复涌动的，便都是这样一些寻常景象，人、事、物，无一不叫我生起感动。生活中，我们都很寻常和平凡，做不来惊天动地，但我们从未曾放过活下去的希望。我们这一生中，做得最大的事，不是功成名就，不是衣锦还乡，不是坐拥金山，不是权倾朝野，而是低到尘埃，努力活着，像一棵植物一样的。而在这样的活里头，有爱，有暖，有坚守，有担当。

你的笔，不妨落到这样的尘埃里，多写写这些寻常的平凡的活。这样，你写出的文字，才会拥有生命的质地，和它应有的温度。

我认识的那些人

我认识菜场那个卖菜的大妈，她每天提着篮子，守在菜场边上卖菜。她的老伴前些年去世了，她一个人度日，并不见愁苦。她指着篮子里的菜，很是自得地说，都是我自个儿种的。有时青菜。有时韭菜。有时萝卜。有时还卖葱。我问她买的次数多了，她把我当自家人，追着我要送我葱。我不要。她说："傻孩子，葱用油一炸，炒菜很香的。"我当然知道很香，可我不能白要她的东西呀。为了报答，有时不要买青菜，我也拐去她那儿，买上一小把。我乐意这样做，乐意看着她朴实的笑容，想想我在乡下的母亲。

我认识菜场拐角处，那对炒瓜子的山东夫妇。夫妇俩个头差不多，一样的黑脸庞，一样的憨厚和壮实。甚至连说话的样子，也极像。有人说，夫妻待久了，像兄妹。还真是。他们带着一个孩子，两三岁的样子，满地爬。大锅子架在炭火上，锅里一锅的葵花籽，男人甩开膀子炒，女人在一边帮着用筛子筛。后来，我看他们新添了一台炒瓜子的机器，再炒瓜子，省力多了。他们的生意相当不错，男人称秤，女人装袋收钱，临了总送上憨憨的一笑："走好啊。"听得人心里暖暖的。

过年脚下，他们的生意最忙。问他们回家过年不？他们淡淡地答："等淡季再回吧。"复又笑着补充："一家人都在，在哪儿过年都一样的。"夏天的时候，不见了他们，估计他们回老家了。他们卖瓜子搭的架子还在，走过那儿时，我会不经意地想一想他们，想他们在山东老家，正干什么呢，种蔬菜？长葵花？我知道，秋深的时候，他们一家三口，会再远足过来，摆摊卖瓜子。

卖水果的女人，摊子摆在巷头。皮肤黝黑，身材瘦小，看不出她的实际年龄，或许四十，或许五十。每天凌晨四五点，她就要去郊区的水果批发市场批发水果，然后拉过来摆摊子。这一待，得待到晚上八九点，才收摊回家。她的儿子却不学好，书不好好念，高中没念完，辍学了，整天跟一帮小混混后面鬼混。她的眼泪没少流，见人就叹气，唉，养了个不肖子。一天，我去买水果，她突然欣喜地告诉我："老师，我儿子找到工作了，他在一家饭店里做帮厨，他现在，开始懂事了。"女人

第一辑 捕捉灵感　023

笑着说着，说着笑着，快乐藏也藏不住。我走时，她执意要多送我两个苹果，我收下了。母亲的要求，从来都是很浅很低。母亲的幸福，从来都是极容易得到满足。

踏三轮车的那个中年男人，我也认识。他常常把车子，停在我们的学校门口，等客。从乡下来看孩子的家长，每天都有那么几个。他有时戴一顶蓝色帽子，有时戴一顶白色的。车子上，还别出心裁悬一小灯笼，很喜气。无客的时候，他坐在车上，翻看一些报纸。有天放学，我路过，他叫住我："老师，你看，这个资料有用吗？"我凑近一看，是一份时政测试题。他笑着解释："我儿子明年要参加高考了，他选的文科，我得先替他留意着。"我看着他，感动，觉得他的伟大，一个平凡父亲的伟大。

我还认识，住在我楼下的老两口。老爷子脾气古怪些，看见人，不苟言笑。据说，他原先做过一个学校的校长。老太太性格刚好与他相反，看见人，远远就招呼，无论大人，无论小孩。声音嘎嘣嘎嘣的，脆得很，热情洋溢。他们在路上走，一般老爷子在前，老太太在后，距离拉得老远，一个威严着一张脸，一个笑容可掬。我常奇怪这两个人，怎么相处一生的。一日，我在阳台上晾衣，随意往楼下看了看，刚好看到他们在院子里，老太太坐在椅子上，老爷子戴着老花眼镜，蹲在一边，正帮她剪手指甲呢。风趣的笑声，朗朗的。我很意外，甚至吃惊起来，啊，他也是会笑的。他的笑与风趣，专门给她一个人留着。

更多的时候，在他们的小院子里，我望见的是一些晒着的东西，鞋，衣裳，书籍。有次还看到，白花花的阳光下，晾了一院子的雪里蕻。那上面，有她的温度，有他的温度，那是一辈子相依的温度。

梅子的话

生活中处处皆是故事，只要有人在。

我在本文中所描写的几个小故事，基本上都是我亲身经历的。这一些，或许你也曾碰到过，只当平淡无奇，或是视而不见。岂不知，他们的身上，却蕴含着普通人的大情怀，那是善良。那是温暖。那是爱。正是这样的大情怀，才支撑着我们人类，一代又一代繁衍下来，生生不息。我要向读者传递的正是这样的大情怀，人性的光芒，无处不在。

捕捉灵感

常有孩子问我，梅子老师，写作是需要灵感的，你是怎么获得灵感的？

要回答这个问题，我们首先必须弄懂，什么是灵感。就创作而言，灵感是指那种因情因景，在瞬间产生的，而富有创造性的突发思维状态。它可以用一首至今争议颇大的诗来比拟：

> 花非花雾非雾。
> 夜半来天明去。
> 来如春梦几多时？
> 去似朝云无觅处。

这首诗，我们可以把它解读为一场邂逅，邂逅到美妙的人，美妙的景。但那人、那景，都不可捉摸，待到再要寻时，却杳无影踪。这瞬间的闪烁，这梦幻般的出现和消失，是那样乍然一现，如梦里蓬莱。——这就是我们通常所说的灵感了。它需要的，是一颗敏感的心，去感应和捕捉。当你能够把那样的瞬间捕捉到手中，并通过你的文字表达出来，你的作品，也就有了清新和活力。

你也许会说，每天的生活是那么波澜不惊，哪里就能遇到特别的人、特别的事呢！我要告诉你的却是，我们的每一天，是平常的，却又是不平常的，我们每天其实都在邂逅灵感。

它或许就隐藏在一丛花后面；它或许就躲在一条老巷子里；它或许就在公交车的站台上；它或许就在两个陌生人的对话中。

它在人群如涌的闹市区；它也在寂静无垠的荒郊野外。

它是一棵开花的树；它也是一株刚钻出泥土的草。

它是一声鸟鸣、几声蛙叫；它也是月升中天、露滴清凉。

....

这些，你都遇见了，好多的，却被你生生错过了。因为，你没有用你的心，去捕捉。

下面链接的我的文章——《天堂有棵枇杷树》，其创作灵感，就来自于某公交车的站台上，来自两个陌生人的对话中。

那日，我也在那里等车，车迟迟没来。旁边有两个陌生人在交谈，说的是她们共同的一个朋友，查出身患绝症。医生告诉她们的朋友，最多只能再撑三个月。可怜她的孩子才四岁。她每天都在愁肠百结着，不知怎么跟孩子说死亡。

说的人唏嘘，听的人也唏嘘，——死亡，这是多么无情冷酷的两个字，却又让人无法逃避和远离。

灵感也就是在这个时候，在空中一闪，被我一把拽住。我们都不能逃避死亡，但，我们却尽可以，让死亡变得不那么凄凉，而是温暖一些，再温暖一些。

回家之后，我几乎是迫不及待打开电脑，敲下了这篇《天堂有棵枇杷树》。我给不幸的妈妈和孩子，种下了一棵希望和幸福的枇杷树。即便是死亡，亦不能隔阻他们相亲相爱。

现在，你是不是明白了，灵感和幸福一样，不会主动来敲你的门。你必须带着一颗敏感的心，去寻找，去捕捉，把每一场相遇，都当作邂逅。

天堂有棵枇杷树

年轻的母亲,不幸患上癌,生命无多的日子里,她最放心不下的,是她四岁的儿子星星。从儿子生下起,她与儿子,就不曾有过别离。她不敢想象儿子失去她后的情景,曾试着问过儿子:"要是不见了妈妈,星星会怎么办呢?"儿子想也没想地说:"星星就哭,妈妈听到星星哭,妈妈就出来了。"

她听了,一颗心难过得碎了,她在心里说:"宝贝,你那时就是哭破了嗓子,妈妈也听不到了。"

因为化疗,她一头秀发,渐渐掉落,如秋风扫落叶。儿子好奇地打量着她,问:"妈妈,你的头发哪里去了?"

她看着一脸天真的儿子,心如刀割,但脸上却笑着,她说:"妈妈的头发,去了天堂呀。"然后,她装着很神秘的样子,悄声对儿子说:"星星,妈妈告诉你一个秘密,你不要告诉别人哦。"

孩子很兴奋,郑重地承诺:"妈妈,星星不告诉别人。"两只晶莹的大眼睛,一动不动盯着她。

她把儿子搂到怀里,搂得紧紧的,笑着跟儿子耳语:"妈妈可能要离开星星了,妈妈也要去天堂。"

"天堂在哪里?妈妈要去做什么呢?"孩子有些着急。

"天堂啊,离家很远很远,妈妈要去那里种一棵枇杷树。星星不是最爱吃枇杷么?"

"哦。"孩子认真地想了想,"那,妈妈把星星也带去,好不好?"

"不行,宝贝。"年轻的母亲,摸摸儿子稚嫩的小脸蛋说,"你现在还不可以去,因为你是小孩呀,天堂里,不准小孩去。等你长大了,长到比妈妈还要大好多好多时,才可以去哦。"

"那，妈妈会等星星吗？"

"会的，妈妈会一直等星星。妈妈在那儿，种一棵最大最大的枇杷树，树上，会结好多甜甜的枇杷，等着星星去吃。但星星得答应妈妈，妈妈走后，星星不许哭哦，一定要乖，要听爷爷奶奶的话，听爸爸的话，这样才能快快长大，知道不？"

孩子高兴地点头答应了。

不久之后，年轻的妈妈安静地走了。孩子一点也不悲伤，他坚信妈妈是去了天堂，是去种枇杷树了。夏天的时候，枇杷上市，橙黄的果实，充满甜蜜。孩子吃到了很鲜艳的枇杷，他开心地想，那一定是妈妈种的。

一些年后，孩子终于长大，长大到明白死亡，原是尘世永隔。这时，孩子心中的枇杷树，早已根深叶茂，挂一树甜蜜的果了。他没有悲痛，有的只是感恩，因为妈妈的爱，从未曾离开过他。他也因此学会，怎样在人生的无奈与伤痛里，种出一棵希望的枇杷树来，而后静静等待，幸福的降临。

梅子的话

从前，每每写到作文，老师就强调，要抓住灵感要抓住灵感啊。那时，我并不懂灵感是什么，咬着笔头，苦思冥想，它是不是一只鸟啊，为什么总也不落到我的笔下来。

也是到我写作之后，我才知道，这灵感，不是你想要它来，它就能来的。它委实调皮得很，东躲西藏的，需要你用心去捕捉，去感知。最起码也要做到，当它走过你身边时，你不漠视，那样，你才不会错过。

有种记忆
叫童年

在陌生的小镇候车，车晚点了，我四处转悠。天色将晚，车站的人不是很多，一男人脚跟边蹲着几只鼓鼓的行李袋，手里端着一桶方便面，正埋头吃得欢。方便面鲜辣的气味，染得他周遭的每一寸空气，都是鲜辣的。不远处，两个年轻人头倚着头，在说悄悄话。一中年人，在翻看手机，大概遇到好笑的事了，他不停地笑，笑出声来。

然后，我就看到那对母女。小母亲不过二十多岁，小女孩两三岁，她们也在等车。母女俩的穿着极普通，很旧的衣衫，却有种让人心动的温暖色。小女孩被小母亲抱在怀中，她不安分地扭动着小小的身子，两只乌溜溜的眼，四下打量着。当她的目光与我的目光相接，她停住不动了，好奇地看着我，看着看着，就冲我笑了，笑得万物萌动，春暖花开。

她的笑感染了我，我也笑了，逗她，冲她招手。她越发笑得欢，且害羞地把小脸藏到母亲的怀里面。不一会儿，又探出头来，冲我欢笑。如此三番五次，跟捉迷藏似的，她乐此不疲。漫长寂寞的等待，因了她，变得可爱起来活泼起来。车来。我有些恼着车子怎么就来了，我真的愿意，在这个小女孩纯真的笑里面，待得久一些，再久一些。

后来，有好长时间我都在想着那个小女孩，心里面流过一条细细的清泉，微风轻拂，水波澄碧。那是怎样的时光啊！你爱谈天我爱笑，梦里花落知多少；抑或，青碧碧的天，青碧碧的大地，我们如一只快乐的风筝，在和风赛跑；抑或，伏在泥地上，看蚂蚁搬家；抑或，蹲在竹笼前，看里面的小鸟跳上跳下。我们相信，花朵会流泪，星星会唱歌，太阳会变魔术，月亮会跳舞。小猫小狗都是我们的好朋友。我们对谁都友好着，世界不设防。

——人世间，每个人都曾有过这样的初相见，童话一般的，哪怕是艰辛的，哪怕是多难多灾的，它也有着水晶一样的光芒，每一个日子都闪闪发光。而当我们渐渐长大，与这样的童话也便渐行渐远，远得我们忘了稚气的可爱，天真的可贵。

好在，还有文字在，它让我们可以在记忆中，顺着光阴的触角，再走回童年去。这个时候，文字根本无须雕琢，你只要忠实于你的记忆，忠实于那段纯粹，缓慢地叙述，这就足够了。

链接文章

流年小恙

没有任何征兆的，早上起来，一只眼睛竟红肿得不能睁开。那人瞅我一眼，乐了，你害红眼病了。

对着镜子，用另一只眼打量这只眼，果真是害红眼。难怪他要乐，连我自己，也忍不住乐了。红眼病，多么稀罕！那是属于小时候的。

那时，一到冬天，患这种病的人多，在村子里随便走走，就能碰到一个，两眼红肿得如烂桃子。这种无伤筋骨的眼病，传染速度极快，往往一个害上了，没两天，周围的人保管一个接一个都顶着两只烂桃子眼。祖母有的是土办法对付，泡上一盆盐水，让我们早也洗，晚也洗，洗着洗着，也就好了。

小时还特爱生疮，头上，身上。有一年身上害疮，脓包连着脓包，背后竟无一块完整的好皮肤。每晚临睡前，母亲要费很大的劲，才把粘在我皮肤上的衣服剥开，涂上一种气味难闻的黄霉素。睡觉时不能仰面睡，只能俯卧着，耳朵便尖着，门外风吹尘落的声音，都听得分明。半夜里醒来，绵羊的梦呓，在空气中洇化开来，露珠一样的清凉。身边环绕着亲人的呼吸，心静，且安。

我的玩伴萍，爱在头上生疮。一年四季，她的头上都淌着脓水。萍还在极小的时候，父母离异，母亲远嫁他乡，她跟了父亲。父亲懒且好酒，常喝得醉醺醺的。每每这个时候，萍就遭殃了，稍稍做错点什么，便会招来父亲一顿痛打。许是被打多了，萍总显得木愣愣的，沉默寡言。她的头发被剪得秃秃的，身上整日穿一件破棉袄，脏得看不出布料的颜色。午饭时，她吮着手指，撑在我家门口，看我们吃饭。祖母叹一口气，起身，给她添一只碗。饭后，打一盆温水，给她清洗头上的脓疮，再细细抹上药粉。

萍现在已是两个孩子的母亲，日子过得挺红火的。我回老家，遇到她，结实红润的一个人。提到我故去的祖母，她掉泪，四奶奶是个好人啊，我那时头上生疮，她舍不得我，回回都要帮我清洗。我动容。苦日子里，善良是石缝里开出的花，美得纯粹。

那时，我们还爱患腮腺炎，乡人们叫它害蛤蟆。某日早起，下巴被一个肿块牵着，生疼。摸去，竟有圆圆的瘤子，遂大惊失色叫起来。大人们看一眼，不慌不忙，说，哦，害蛤蟆了。然后牵着我们的小手，送去村里的土郎中家。土郎中取出毛笔和墨汁，在我们肿起的部位周围，煞有介事地画一个圈，再给我们配点药吃，说，过几天就好了。大人们便笑起来，哦，没事了，"蛤蟆"掉进"井"里了。这带着极浓烈迷信色彩的办法，很是宽慰了一些贫瘠的心。不几日，炎症自然消了，——这当然不是墨汁画圈的功劳，但乡人们却坚定不移地相信着。

出痧子则是每个孩子必经的事。民国才女林徽因提及小时出痧子，有段极美好的回忆。她的家乡人称痧子作水珠，这名字的美好，让小小的她，忘了它是一种病，竟觉着有一种神秘的骄傲。整个病中，她都奢侈地愉悦着，欢喜着，阳光泄泄融融。我对出痧子的回忆，也是美好得如诗如画的，倒不是因痧子这个名，而是出痧子时享受的特殊待遇。出痧子时不能见风，做母亲的必做一顶小红帽给孩子戴上（红能辟邪，这也带有迷信色彩），红帽子后拖着长长的红布条。人一见这样的装扮，便知，这孩子出痧子了。但还是要相问一句，丫头出痧子了？做母亲的笑答，是啊。于是小小的心里，涌出神圣感来，觉得这件事的了不得。

　　痧子要褪掉时，极痒。母亲叮嘱，千万不能伸手挠，不然，长大了会变成麻子的。村子里有个麻子伯伯，成天顶着一脸的大麻子，极不好看。我们怕成为麻子伯伯那样的人，再痒，也忍着不用手去挠。人生中的许多痛和痒，就这样的，忍一忍，也就过来了。

梅子的话

　　每个人都有一个回不去的童年，那里，云白天蓝，山花烂漫。那里，鸟语花香，碧水长流。尽管，童年也有悲伤有困苦，但因为有纯真在，再不堪的童年，也是镶了金边的。我愿意我的文字走回去，在童年的花树下，再好好地做一回梦。在纷繁芜杂的俗世中，把丢失的童心找回来。

花言花语

有读者问了我这样一个问题：梅子老师，为什么你那么喜欢写花呢？几乎你的每篇文章中都或多或少写到花，有什么特别的理由吗？

我有些愣住了。这样的问题我真没办法具体回答，想到写就写了呗，很多的都是信手拈来。花跟人多亲近啊，每一棵草都会开花。哪块土地上没有花的影子，这块土地就寂寞荒凉得可怕了。我熟悉它，如同熟悉童年住过的老宅子。

花是大自然最杰出的存在，是四季变换的感应器，二十四节气，对应有二十四番花信风。可以这么说，四季是花唤来的。四季之美，很大程度反映在花上。

"若待上林花似锦，出门俱是看花人"，繁花盛开，人追着花跑，如同过节一般隆重。花开花落，惹动多少人间情绪？有多少朵花，就有多少个人生。我们的文学作品，又怎能绕开花呢？

崔护写，"去年今日此门中，人面桃花相映红"。人是花，花亦是人，有时哪里分得清呢？

欧阳修写，"泪眼问花花不语，落红飞过秋千去"。当你满世界找不到一个懂你的人，不妨把花当你的知音，花是最好的倾诉对象。

林黛玉荷锄葬花，葬的不过是女儿的一腔情思。

曾听过一则有关花的传说，甚是喜欢。故事说的是一久经沙场的将军，因遭奸人陷害，被罢了官。解甲归田后，他靠侍弄花草排解愁闷。在所有的花中，他最钟爱一株红牡丹，有事没事，他爱坐到红牡丹边上，与它唠嗑。喜也好，悲也罢，红牡丹都默默听着，不时枝叶摇动，似在回应着他。且在一年内两度盛开，花开灼灼，香播数里，人都称奇。几年后，将军的冤屈得到平反，朝廷重新重用了将军，派他去他处为官。将军收拾行囊辞别故里，临走之前，将军再三嘱咐家人，定要好好善待红牡丹。家人自是不敢怠慢，浇水施肥，殷勤有加。然红牡丹却不领情，一日一日萎靡下去。

十年后，将军回到故里，红牡丹只剩一堆枯枝。将军走到枯萎的红牡丹跟前，轻轻说了声，我回来了。像跟一个故人打招呼。这时，枯萎的红牡丹竟微微颤了颤，仿佛舒了一口气。一夜过后，它的枯枝上，冒出点点花蕾。不久后，全部盛放。

万物有灵，花亦不例外。它在那儿，貌似不言不语，却看遍人间悲喜。

链接文章

蔷薇几度花

喜欢那丛蔷薇。

与我的住处隔了三四十米远，在人家的院墙上，趴着。我把它当作大自然赠予我们的花，每每在阳台上站定，目光稍一落下，便可以饱览到它：细长的枝，缠缠绕绕，分不清你我地亲密着。

这个时节，花开了。起先只是不起眼的一两朵，躲在绿叶间，素素

第一辑 捕捉灵感

妆，淡淡笑。还是被眼尖的我们发现了，我和他几乎一齐欢喜地叫起来："瞧，蔷薇开花了。"

之前，我们也天天看它，话题里，免不了总要说到它。

——你看，蔷薇冒芽了。

——你看，蔷薇的叶，铺了一墙了。

我们欣赏着它的点点滴滴，日子便成了蔷薇的日子，很有希望很有盼头地朝前过着。

也顺带着打量从蔷薇花旁走过的人。有些人走得匆忙，有些人走得从容。有些人只是路过，有些人却是天天来去。想起那首经典的诗："你站在桥上看风景 ／ 看风景的人在楼上看你。"这世上，到底谁是谁的风景呢？你是我的，我也是你的，只不自知。

看久了，有一些人，便成了老相识。譬如那个挑糖担的。

是个老人。老人着靛蓝的衣，瘦小，皮肤黑，像从旧画里走出来的人。他的糖担子，也绝对像幅旧画：担子两头各置一匾子；担头上挂副旧铜锣；老人手持一棒槌，边走边敲，当当，当当当。惹得不少路人循了声音去寻，寻见了，脸上立即浮上笑容来，"呀"一声惊呼："原来是卖灶糖的啊。"

可不是么！匾子里躺着的，正是灶糖。奶黄的，像一个大大的月亮。久远了啊，它是贫穷年代的甜。那时候，挑糖担的货郎，走村串户，诱惑着孩子们的幸福和快乐。只要一听到铜锣响，孩子们立即飞奔进家门，拿了早早备下的破烂儿出来，是些破铜烂铁、废纸旧鞋等的，换得掌心一小块的灶糖。伸出舌头，小心舔，那掌上的甜，是一丝一缕把心填满的。

现在，每日午后，老人的糖担儿，都会准时从那丛蔷薇花旁经过。不少人围过去买，男的女的，老的少的，有人买的是记忆，有人买的是稀奇，——这正宗的手工灶糖，少见了。

便养成了习惯，午饭后，我必跑到阳台上去站着，一半为的是看蔷薇，一半为的是等老人的铜锣敲响。当当，当当当——好，来了！等待终于落了地。有时，我也会飞奔下楼，循着他的铜锣声追去，买上五块钱的灶糖，回来慢慢吃。

跟他聊天。"老头。"——我这样叫他，他不生气，呵呵笑。"你不要跑那么快，我们追都追不上了。"我跑过那丛蔷薇花，立定在他的糖担前，有些气喘吁吁地说。老人不紧不慢地回我："别处，也有人在等着买呢。"

祖上就是做灶糖的。这样的营生，他从十四岁做起，一做就做了五十多年。天生的残疾，断指，两只手加起来，只有四根半指头。却因灶糖成了亲，他的女人，就是因喜吃他做的灶糖，而嫁给他的。他们有个女儿，女儿不做灶糖，女儿做裁缝，女儿出嫁了。

"这灶糖啊，就快没了。"老人说，语气里倒不见得有多愁苦。

"以前怎么没见过你呢？"

"以前我在别处卖的。"

"哦，那是甜了别处的人了。"我这样一说，老人呵呵笑起来，他敲下两块灶糖给我。奶黄的月亮，缺了口。他又敲着铜锣往前去，当当，当当当。敲得人的心，蔷薇花朵般的，开了。

一日，我带了相机去拍蔷薇花。老人的糖担儿，刚好晃晃悠悠地过来了，我要求道："和这些花儿合个影吧。"老人一愣，笑看我，说："长这么大，除了拍身份照，还真没拍过照片呢。"他就那么挑着糖担子，站着，他的身后，满墙的花骨朵儿在欢笑。我拍好照，给他看相机屏幕上的他和蔷薇花。他看一眼，笑。复举起手上的棒槌，当当，当当当，这样敲着，慢慢走远了。我和一墙头的蔷薇花，目送着他。我想起南朝柳恽的《咏蔷薇》来："不摇香已乱，无风花自飞。"诗里的蔷薇花，我自轻盈我自香，随性自然，不奢望，不强求。人生最好的状态，也当如此罢。

梅子的话

喜欢一切的花。

我以为，没有花是丑陋的，所有的花，都长着一颗玲珑心。你看见，或者没看见，它就在那里，认认真真开着它的花，独演着一场华丽，然后，默默谢幕。

你看，花像不像我们寻常人生？一样的默默无闻，却各有各的生动。我们的文字，又怎么能够绕过这些花儿去？花的世界，就是人的世界。

一米阳光

在闽南的大山里游玩，满眼的青翠望厌了后，小导游突然神秘地说，我带你们去看"一米阳光"吧。

一米阳光？听着就诗意无限。我们自然欢喜得很，跟着他涉水爬坡而去，到得一山洞跟前。山洞并无奇特，狭窄，仅容一人侧身而过，有石嶙峋于洞口。我们跟着小导游，小心越过那石头去，进入洞里。山洞幽深，深不见底，这样的场所，宜拍惊悚片。我们都很好奇，大呼小叫地，在山洞里磕磕绊绊地走。突然，一线光亮，如一眼溪水似的，流淌下来。周遭的幽暗，立即成了陪衬，只有那一线光亮，夺目着。

我们静静立在那束光亮下，莫名感动。抬头仰望，头顶上，山石与山石之间，天然有个罅隙，不过乒乓球大小。一米阳光，就从那小小的罅隙处，投射进来，让黑暗幽深的山洞里，有了活的生机。

从闽南归来后，在那里游览过的景，大抵都模糊了，独留着那山洞里的"一米阳光"，什么时候想起，都无比清晰着。

我联想到写作。我们的写作，有时，差的就是这"一米阳光"。

我们写人物，恨不得从娘胎里就交待起，一直交待到死。生平简历，无有遗漏，密密的，针都插不进去。我们写景，也是如此，生怕哪里照顾不周，一花一草，一木一叶，无不交待得细细密密。

结果，本是百十个字就可以完事儿的事，我们愣是搞出长篇大论来，文章颇似壮观了，却碎碎叨叨得不行，让读者读起来，乏味得很。就好比你穿越一个山洞，周遭总是漆黑一片，一直的漆黑，叫你摸不到头的漆黑。刺激吗？哦，当然。可是怎么那么累！你走着走着，就不耐烦了，总是在黑里头，有意思吗？一点意思也没有的。若是突然跃现出一米阳光来，才真叫人惊奇和欢喜呢。

这就涉及文章的布局和谋略。我们写文章，是要有一点的布局和谋略的。文章不要写得太满，太密，要设置一个或几个"罅隙"，让阳光能灌进来，既给读者留下喘息和回味的余地，又有着美的意境。说白了吧，就是写文章要详略得当。该详的地方详，该略的地方，一定要略。一篇文章若从头"详"到尾，没有任何"罅隙"，这样的文章，无疑是让读者去穿越黑乎乎的山洞，一路黑到底。

我写的《老铁匠》，就很好地处理了详略问题。文章开头，我有着大量的铺垫，我写到黄昏、古村子、榜眼府、榜眼，这些都是为了老铁匠的出现作铺垫的。正如你进了山洞，有一段幽暗要走，因刚涉足进来，你新奇着这样的幽暗。当你的新奇劲儿就要过去了时，一束阳光适时出现，带给你巨大的惊喜：

一出后花园，人的眼睛就直了，那铁匠铺，多像岁月暗影里的一帧底片，泊在那儿，不动声色。

——这是我安排在这篇文章中的"一米阳光"，不过寥寥两笔，老铁匠的形象，就快浮现出来了，叫人难忘。

链接文章

老铁匠

突然的，又想起那个老铁匠。

眼前并没什么事物让我触景生情。

一个黄昏，正在降临。天空好比一张宣纸，鸽子蛋似的夕阳，恰似随手涂抹上去的静物。我很喜欢这样的时光，觉得静和内敛。树木、花朵、街道、房子、车辆、行人，无一不变得轻盈，没有芜杂。

然黄昏与老铁匠有什么关联呢？没有的。

人的记忆，有时就是这么不可思议。本应记住的，甚至发着誓一定要记住，永远不相忘的那些人和事，经年之后，偏偏忘得一干二净。倒是无意中邂逅的一些细枝末节，在记忆里生了根。比如，在武汉木兰山上，偶遇到的一只飞翔着的野鸭。在黄海森林公园，相遇到的一蓬会笑的草。在纳木错，看到的一个女人，面对一片蔚蓝的湖，双膝跪下，泪流满面。或许，俗世凡尘，本就是由这些细枝末节组成，一点一滴，穿成了我们的人生。

好比那个老铁匠。

老铁匠住在一个小村子里。小村子据说在魏晋时期，人烟就很繁茂。历朝历代，村子里的人们都以耕种为生。到明代，却出了大户，家有读书郎，高中榜眼，做了大官，回小村建了一座榜眼府。我是路过，听人说那里有个榜眼府，建筑奇特，匠心独运，值得前去一看。也便去了。

一进村口，迎上来的，就是一条黄石板和鹅卵石铺成的巷道，凸凸凹凹，印满岁月的波光涛影。两旁的黛瓦房，不可免俗地挂上了红灯笼。榜眼府淹没其中，要不是门楣上书着"榜眼府"三个大字，还真要把它给忽略了。进到内里，却乾坤大。房子套着房子，回廊连着回廊，天井接着天井。小圆门，石拱门，月亮门，个个生着情趣。也不知到底有几进几出了，人走在其中，像走在迷宫里。正暗自感叹不已，眼前忽然豁然开朗，人已站在一座小花园的边上。只见方寸之中，亭台楼阁，小桥流水，应有尽有。玲珑别致，雅韵十足。

榜眼的故事流传甚广，说他还是个大孝子。母亲中风瘫痪，他在外连官也不做了，跑回老家来，日日侍奉在母亲身畔，历经十年，不改初衷，直到母亲故去。有人质疑这故事的真实性，说榜眼都贵为榜眼了，不用说找一个人服侍他母亲，就是找上十个百个，也不是难事，何用他亲自动手，连官职也辞了？

您说，找人代劳行孝道那还叫孝吗？寡言少语的老铁匠忽然住了手，定定地看着那人，问。那会儿，不少的游人，拥进了老铁匠的铁匠铺。老铁匠的铁匠铺，正对着榜眼府的后花园。一出后花园，人的眼睛就直了，那铁匠铺，多像岁月暗影里的一帧底片，泊在那儿，不动声色。

老铁匠赤着膊，站在通红的炉火旁，抡着铁锤，一下一下，敲打着一块烧红的铁。那块铁，正慢慢变成一把菜刀的形状。游人们兴奋了，这古旧的风景，难得一遇。有人举起相机就拍，老铁匠伸手挡，很客气地说，请不要拍我，要拍，你们就拍墙上的它们吧。

众人这才留意到墙上。被烟火熏黑的墙上，挂满了打造好的铁器，铁铲、火钳、钉耙、锄头、镰刀、铁锹，沉甸甸的，静默无语。

有人笑问，这些，会卖得掉吗？

老铁匠不语，只一下一下，埋头敲打着他的铁。筋骨沧桑的手背上，疤痕叠着疤痕，紫红的，酱紫的，褐色的，深深浅浅。

没人再嘻笑发问，都屏声静气地待在一边，眼神里多了敬畏。看一会儿，众人默默地退出去。老铁匠忽然在背后说话了，他说，识货的人，自然懂，还是这些老家伙最贴心。

后来，听当地人说，老铁匠是榜眼的后人。老铁匠打了一辈子的铁了。他们村子里，家家户户，都用老铁匠打制的铁锅铁铲炒菜。

梅子的话

曾看到这样一段话，印象深刻：

话，不能说得太满，满了难以圆通；调，不能定得太高，高了难以和声；事，不能做得太绝，绝了难以进退；利，不能看得太重，重了难以明志；人，不能做得太假，假了难以交心。

我以为，它对我们的写作，也有着一定的启示意义。做人做事，都要留有余地。写文章，亦如是。

第二辑

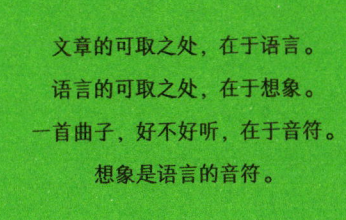

想象是语言的音符

文章的可取之处，在于语言。
语言的可取之处，在于想象。
一首曲子，好不好听，在于音符。
想象是语言的音符。

"游"来
"游"去

我领写作班的孩子们去公园。

孩子们看到湖,跳着大叫,湖啊。很激动。看到动物,跳着大叫,老虎啊!狮子啊!亦很激动。看到木槿花、蜡梅树,不识,愣愣着。我告诉了他们。他们"哦"一声,并不在意,转身又奔向下一个地方去。

回来后,我让他们写一篇游记。他们咬笔半天,基本上都写成这样的:星期天,我们在梅子老师的带领下,去公园游玩。公园里有湖,还有动物。有两种植物我们不认识,梅子老师告诉了我们,一种叫木槿。一种叫蜡梅。

我问,没别的可写了?

他们很无辜地看着我说,是啊,没了,不就是一个湖,几个动物么?

我笑了,问了他们几个问题:

——湖水是什么颜色的?水面上都有些什么?

——木槿花是几瓣的,什么颜色的?蜡梅树的叶子是什么形状的?

——动物园的守园人长什么样?估摸多大年纪?他说过哪些话?

孩子们七嘴八舌起来,有的说湖水是绿色的,湖面上有游船,有大人陪着小孩子在划船。有的说湖面上还飘着落叶,风吹过,湖上泛起好看的波纹。他们争执,木槿花的颜色是粉的,或是紫的。是五瓣,或是四瓣。他们说,蜡梅树的叶子好像是长长的。动物园的守园人是个老伯。老伯说，小朋友们不要跑到老虎跟前去呀，危险的。他还说，以前这里还有猴子呢，你们来晚了，看不到了。

孩子们说得很热烈，远比他们的游记生动多了。我不时插问一句，那么，天空呢，天空当时是什么样的？那么，你们的心情呢，你当时有什么感受？

孩子们再写游记时，内容丰富多了，有趣多了，甚至，还有了一些曲折的故事和情节。

要写出内容饱满有意思的游记，其实并不难。只要我们去游玩时，带上眼睛和心就可以了。眼睛是一架摄像机，在我们尽情地"游"来"游"去时，它的职责是，拍下所有，无一遗漏。而心，则是一个过滤器，它过滤掉那些闲杂的，留下最美的瞬间，最动人的遇见，以及，那些或浮或沉的快乐，或忧伤。

当你的眼睛，"摄"下一幅幅自然画卷。当你的心里，住下一个一个美丽的遇见，你的"游"来"游"去，就有了无比丰满的内容。

如我在下文的《人间的羊卓》中，描写到我眼睛里的自然本身：

"那是怎样的一汪一汪蓝啊，比天空的蓝更深邃，比大海的蓝更醇厚，蓝得一心一意，蓝得彻彻底底。仿佛蓝缎子似的，在阳光下抖开，风华绝代。又如凝脂，蓝的凝脂，细腻温润。"

颜色、形状、神态，有时，甚至要调动声音，让景物鲜活地呈现在读者跟前，牵动起读者的想象与向往。

然游记如果单单仅停留在这里，那不过是画了一幅没有灵魂的画。我还要让它走向纵深去，赋予它魂灵：

"草甸上，一群忘乎所以的游客，在清冷的风中载歌载舞。然歌声也只响亮了一会儿，便停息下来，高原氧气不足，实在不宜大声。那么，就静静的罢，我坐在草甸上，面对着温润如玉的湖，有一刻，我不能相信自己，真的就来到了这个地方。是我吗？是我吗？我这么问自己。浩渺的宇宙中，我也是一个存在，如这片高4441米的湖。我为这个存在，感动得双眼蓄满泪水。"

是的，游记不仅要再现自然本身，还要展示你饱满的思想和感情。

人间的羊卓

从海拔5000多米的甘巴拉山下来，远远就望见了一汪蓝，像块蓝宝石似的，镶嵌在喜马拉雅群山之中。又似一根蓝色绸带，系在山腰间。导游小闫宣布，羊卓雍措到了。

羊卓雍措，在藏语里是"碧玉湖""天鹅池"的意思。它是西藏的三大圣湖之一，是喜马拉雅山北麓最大的内陆湖。因汊口较多，像珊瑚枝一样，藏人又称它为"上面的珊瑚湖"。

一车人激动起来，啊啊啊大叫，手舞足蹈，恨不得立即跳下车去。司机见多这样的场景，他笑了，慢条斯理说，别急，车可以停到湖边去的。

真的靠近了。眼睛和心，立即被蓝填满。那是怎样的一汪一汪蓝啊，比天空的蓝更深邃，比大海的蓝更醇厚，蓝得一心一意，蓝得彻彻底底。仿佛蓝缎子似的，在阳光下抖开，风华绝代。又如凝脂，蓝的凝脂，细腻温润。我的耳边响起当地民歌：天上的仙境，人间的羊卓。天上的繁星，湖畔的牛羊。

湖这面有高高的草甸，碧绿的草，密密匝匝。湖对面有像版画似的山，山脚下绕着绿的青稞黄的菜花。天空蔚蓝，白云几朵，与蓝的湖相互辉映，摄人魂魄。我的高原反应激烈，呼吸渐感困难，但我还是坚持下了车，手脚并用爬上湖边的草甸。

草甸上，一群忘乎所以的游客，在清冷的风中载歌载舞。然歌声也只响亮了一会儿，便停息下来，高原氧气不足，实在不宜大声。那么，就静静的罢，我坐在草甸上，面对着温润如玉的湖，有一刻，我不能相信自己，真的就来到了这个地方。是我吗？是我吗？我这么问自己。浩渺的宇宙中，我也是一个存在，如这片高4441米的湖。我为这个存在，感动得双眼蓄满泪水。

我的身旁，出现了两个十八九岁的男孩，他们戴着头盔，腿上绑着护膝，脸庞黝黑，风尘仆仆。他们先是怔怔地望着这片湖，而后，双膝突然跪下，对着这片湖，哭了。

我从交谈中得知，这两个孩子是武汉某大学一年级学生，对西藏一直很神往。暑假前，同宿舍五六个人一合计，决定骑车进藏。途中，有四个同学先后撤退，剩下他们两个。为了省钱，他们没住过一天旅舍，没进过一次饭店，困了，就睡在随身带的睡袋里，饿了，就吃一些饼干或是方便面。也曾想过放弃，但却心有不甘，神圣的土地就在前方，他们一定要踏上它，也算完成人生的一次挑战。最后，在历经一个月零六天之后，他们终于到达拉萨，到达这里。

我祝福了他们。我想，他们吃得了这样的苦，将来的人生，还有什么坎不能迈过去呢？

风凉，湖边不能久待，短暂的会晤，我们不得不离开。我们各自上路，萍水相逢，却有了共同的思念，这片湖，这片蓝，将几回回梦里相见？

同行中有人叹，真想在这湖边搭一座小木屋，日日与这美丽的湖相伴。立即有人接话了，这么高的海拔，你待一会儿可以，待上十天八天的，怕是小命早没了。我在一旁听得高兴，这真是好，它美得高不可攀，这才保持了它的本真。如佛祖流下的一滴泪，永远纯洁晶莹在那里。

梅子的话

至今,我还是难忘那片湖,蓝色的,像一个天空,整个地铺在湖里。不,不,它比天空更天空。我努力地看啊,看,直到看不动了,我把它深深地印在了我的脑海里。当后来,我提笔写它时,那片湖,立即奔到我的跟前来,绸缎一般,"哗啦"一声抖开。那日之景之人,很自然地,跑进我的文字里,在我的文字里,光芒四射。

于平凡处见真情

每逢写到亲情文章，我们都会觉得有些头疼，下笔艰涩。水波不兴的日子，哪里体会到亲情的珍贵？衣来伸手，饭来张口，这是多么自然而然的事。就像天亮了会出太阳，黄昏走了黑夜会来临；就像春来了草会绿，秋至了叶会枯。扭头看看自己的父亲母亲，没觉得他们有什么打动人心的地方，他们长相平常，穿着简朴，甚至有些不修边幅。

甚至，还爱唠叨。

早上咱起床迟了，他们要唠叨；晚上咱放学回家晚了，他们要唠叨；考试考不好他们要唠叨；偶尔跟同学出去疯玩了，他们要唠叨；坐电视机前时间长了，他们要唠叨……哎呀，他们简直无一日不在唠叨，耳朵都被他们唠叨出茧子来了。跟他们之间横着的代沟，还真不是一般的深。情绪里，对他们有了厌烦，盼望自己的羽毛快点丰满，好早早飞离他们。

然而，只要我们稍稍一转身，就会发现，一直不离不弃跟在我们身后的，唯有父母。一日三餐，他们变着花样给我们做，希望把我们喂饱喂胖；四季变换，他们用手丈量着冷暖，为我们增减衣裳，怕我们冷了或热了；我们晚归时，是他们守在路口等待；夜里我们酣睡之际，是他们频频起床，一夜几回顾，帮我们掖紧被蹬掉的被子；我们有个头疼脑热的，最紧张的，莫过于他们。他们守护在床前，不休不眠，恨不得替我们生了病，只要我们好好的。无论我们如何寻常，在他们眼里，都是金不换的宝贝。他们无条件地给予，穷尽他们毕生所有。

　　或许他们真的是极其庸常的人，他们文化水平不高。他们爱唠叨。他们庸俗。他们不善表达。他们不懂流行和时尚。他们照顾我们的方式简单，有时甚至是粗暴的。但，点点滴滴，通向的，都是那个叫爱的地方。他们是寒夜里的灯。是饥冷时的热茶。是贴心的棉衣。是春天里的雨，润物无声。他们不伟大，他们不优秀，他们不富有，他们很庸常。然而，人间最大的爱，就藏在这俗世的细微里。我们的文字，要抒发的，不是轰轰烈烈，而是这样的细微。那是人世间最美的感动，于平凡处见真情。

链接文章

爱到无力

　　母亲踅进厨房有好大一会儿了。

　　我们兄妹几个坐在屋前晒太阳，等着开午饭，一边闲闲地说着话。

　　这是每年的惯例，春节期间，兄妹几个约好了日子，从各自的小家出发，回到母亲身边来拜年。母亲总是高兴地给我们忙这忙那。这个喜欢吃蔬菜，那个喜欢吃鱼，这个爱吃糯米糕，那个好辣，母亲都记着。端上来的菜，投了人人的喜好。临了，母亲还给离家最远的我，备上好多好吃的带上。这个袋子里装青菜菠菜，那个袋子里装年糕肉丸子。姐姐戏称我每次回家，都是鬼子进村，大扫荡了。的确有点像。母亲恨不得把她自己，也塞到袋子里，让我带回城，好事无巨细地把我照顾好。

这次回家,母亲也是高兴的,围在我们身边转半天,看着这个笑,看着那个笑。我们的孩子,一齐叫她外婆,她不知怎么应答才好。摸摸这个的手,抚抚那个的脸。这是多么灿烂热闹的场景啊,它把一切的困厄苦痛,全都掩藏得不见影踪。母亲的笑,便一直挂在脸上,像窗花贴在窗上。母亲突然想起什么似的说:"我要到地里挑青菜了。"却因找一把小锹,屋里屋外乱转了一通,最后在窗台边找到它。姐姐说:"妈老了。"

妈真的老了吗?我们顺着姐姐的目光,一齐看过去。母亲在阳光下发愣,"我要做什么的?哦,挑青菜呢。"母亲自言自语。背影看起来,真小啊,小得像一枚皱褶的核桃。

厨房里,动静不像往年大,有些静悄悄。母亲在切芋头,切几刀,停一下,仿佛被什么绊住了思绪。她抬头愣愣看着一处,复又低头切起来。我跳进厨房要帮忙,母亲慌了,拦住,连连说:"快出去,别弄脏你的衣裳。"我看看身上,银色外套,银色毛领子,的确是不禁脏的。

我继续坐到屋前晒太阳。阳光无限好,仿佛还是昔时的模样,温暖,无忧。却又不同了,因为我们都不是昔时的那一个了,一些现实无法回避:祖父卧床不起已好些时日,大小便失禁,床前照料之人,只有母亲。大冬天里,母亲双手浸在冰冷的河水里,给祖父洗弄脏的被褥。姐姐的孩子,好好的突然患了眼疾,视力急剧下降,去医院检查,竟是严重的青光眼。母亲愁得夜不成眠,逢人便问,孩子没了眼睛咋办呢?都快问成祥林嫂了。弟弟婚姻破裂,一个人形只影单地晃来晃去,母亲当着人面落泪不止,她不知道拿她这个儿子怎么办。母亲自己,也是多病多难的,贫血,多眩晕。手有严重的风湿性关节炎,疼痛,指头已伸不直了。家里家外,却少不了她那双手的操劳。

我再进厨房,钟已敲过十二点了。太阳当头照,我的孩子嚷饿,我去看饭熟了没。母亲竟还在切芋头，旁边的篮子里，晾着洗好的青菜。锅灶却是冷的。母亲昔日的利落，已消失殆尽。看到我，她恍然惊醒过来，异常歉疚地说："乖乖，饿了吧？饭就快好了。"这一说，差点把我的泪说出来。我说："妈，还是我来吧。"我麻利地清洗锅盆，炒菜烧汤煮饭，母亲在一边看着，没再阻拦。

回城的时候，我第一次没大包小包地往回带东西，连一片菜叶子也没带。母亲内疚得无以复加，她的脸，贴着我的车窗，反反复复地说："乖乖，让你空着手啊，让你空着手啊。"我背过脸去，我说："妈，城里什么都有的。"我怕我的泪，会抑制不住掉下来。以前我总以为，青山青，绿水长，我的母亲，永远是母亲，永远有着饱满的爱，供我们吮吸。而事实上，不是这样的，母亲犹如一棵老了的树，在不知不觉中，它掉叶了，它光秃秃了，连轻如羽毛的阳光，它也扛不住了。

我的母亲，终于爱到无力。

梅子的话

看过不少写亲情的文章，里面拼命地抒情，把自己的父母拔高到无限伟大，金光闪闪，跟个英雄似的。要不就编造出许多的曲折离奇。事实上，我们绝大多数人的父母，都是寻常之人，他们为人处世，是拘谨的，有的甚至是木讷的。他们也没有那么多曲折，那么多离奇，他们只是过着凡俗的小日子。但他们对子女的爱，亦是深厚的、无私的。我们的文字，只要忠实于他们的本来，描摹出他们的日常，也就可以了。

我写我的母亲，就是忠实于她本来的样子，忠实于她所处的环境，把一位日渐苍老的母亲，对子女想爱，却再不能够的无奈与凄惶，呈现在读者跟前，让人的心弦，不知不觉为之拨动。

从寻常里，
找出不寻常

我写过许多的花许多的草，让我的读者相当惊奇，外加稍稍的佩服，不就是普通的一朵花么！不就是普通的一棵草么！你怎么就能写出那么多？

我笑。请允许我笑一下。我想不起在哪里看到的一句话：一个成功的写作者，就是要从寻常里，找出不寻常。这句话不时被我拿出来咀嚼，它每每让我的笔，不敢轻易落下。我在想，我发现了寻常中的不寻常吗？我的文章，能给人不一般的感受和启迪吗？

是啊，我们日常看到的，往往都是表象，花开了，草绿了。仅仅是这样，花在那儿开，草在那儿绿。我们很少去思考：一棵植物身上到底还有什么。

它或许承载的是厚重的历史。譬如，艾草。早在诗经年代，就有了"彼采艾兮"的吟唱。人们采艾采了做什么呢？为的是祭祀用啊。人们赋予了艾草神圣，认为它可以驱妖降魔。这种习俗，代代相传。今天，在我国不少地方，还有在端午节插艾辟邪的风俗。它已成为中华文明不可或缺的一部分。

它或许承载的是故乡。譬如，狗尾巴草。太过寻常的一种野草，哪里的乡村不长它？有泥土在，它就在。某一年某一月某一日，你忽然在城里的路边撞见它，你的惊喜不由分说，如同相遇故交。遥远的故乡，汹涌而来，你想起很多人，很多事。有狗尾巴草在，你的故乡永远丢不了。

它或许承载的是爱和温暖。人与人，有时的疏离，只需一朵花，或是一枝草，彼此便能亲近成故交。玫瑰、康乃馨、薰衣草等都各有各的花语，它们是爱、感恩和关怀。而邻里之间，在过端午节时，送上一枝艾香，友爱因此诞生，又温暖又美好。

　　所以，要写好这类文章，除了必须多多观察外，还要多阅读，多思考。通过阅读，了解历史。即使是一棵植物，也是从历史的长河里，泅渡而来。通过思考，懂得大自然里的花花草草，它身上承载的，远不止日月风雨，更多的是，人类的情感。唯有如此，我们才能从它的寻常里，找出不寻常。也才能使我们的文章，变得厚重凝练，经久耐读。

链接文章

艾草香

　　对艾草，是老相识了。

　　乡村的沟沟渠渠里，一是艾草多，一是芦苇多。它们在那里熙熙攘攘，自枯自荣，世世代代。除了偶尔飞过的鸟雀，平时大概再没有谁会惦念它们。但乡人们都知道，它们在呢，就在那片沟渠里，枕着风，傍着水，枝繁叶茂，不离不舍。一到端午，家家户户门窗上都插上了艾草，满村荡着艾草香。

　　羊却不爱吃，猪也不爱吃，大概都是嫌它气味的霸道。它是草里的另类，做不到清淡，从根到茎，从茎到叶，气味浓烈得汹涌澎湃，有种豁出去的决绝。采艾的手，清水里洗过好多遍了，那艾草的味道，还久久逗留在手上，不肯散去。苦中带香，香中带苦，你根本分不清到底是苦多一些，还是香多一些。苦乐年华，它一肩扛了。

所以，它独特，在传统的民俗里，万古长存。早在诗经年代，就有了"彼采艾兮"的吟唱。说是唱爱情呢，我却觉得是唱它。它被人们赋予了神圣，用以寄托愁思，聊解忧伤。

南朝梁宗懔的《荆楚岁时记》中也曾有记载："五月五日……采艾以为人，悬门户上，以禳毒气。"说的是端午节这天，人们争相采艾，扎成人的模样，悬挂于大门之上，以消除毒气灾殃。不过是普通植物，却担当起驱毒辟邪的重任，这是艾草的本事了。有时，保持个性，坚守自己，方能脱颖而出。在这一点上，我们人类，得向一棵艾草学习。

可能是小时的记忆作怪，多少年来，我一直以为艾草只在水边生长，——这是我的孤陋了。福建有文友说，他们家乡的山上，漫山遍野，都长着艾草。人们也食它，三月里，艾草正鲜嫩，采了它，拌上糯米粉，包上芝麻、白糖做馅，蒸熟，即成艾糍粑。咬上一口，香软甘甜，鲜美无比。这吃法让我惊异，有尝试的欲望。想着，等来年吧，等三月天，一定去采了艾草回来吃。

小区里，爱种花的陈爹，在他的小花圃里，种上了艾。六月的天空下，一丛红粉之中，它遗世独立的样子，让人一眼认出，这不是艾草么！

陈爹笑，眼光缓缓地落在它上面，说，是啊，是艾草啊。

种这个做什么呢？问的人显然有些好奇了。

陈爹不急着作答，他弯腰，眯着眼睛笑，伸手拨弄一下那些艾。他说，可以驱虫的。你看，它旁边的花长得多好，不怕虫叮。

哦——围观的人一声惊呼，恍然大悟，原来，它做了护花使者。

陈爹种的艾草，现在正插在我家的门上。不多，一棵，茎与叶几乎同色，灰白里，浸染了淡淡的绿。香味很地道，开门关门的当儿，它总是扑鼻而至，浓烈，纯粹。这是陈爹送的。他爬了很高的楼梯，一家一家分送，他说，要过端午节了，弄棵艾你们插插。

我不时地望望，闻闻，心里有欢喜。端午的粽子我早已不爱吃了，然过节的气氛，却一点没削减，因了这一棵温暖的艾。

梅子的话

艾草是我童年的记忆，是我童年的幸福与向往。那个时候，家家过得清贫，却有节日支撑着孩子们的期盼。譬如端午节。一到这个节日，艾草奇特的苦香味，会布满村庄。那是祖上传下的规矩，端午是要在家里的门上、柜子上插上艾草的。

当然，孩子们关心的不是艾草，而是艾草所扛起的节日——端午。这天，再贫寒的人家，也会想办法给孩子裹几只粽子吃。这么些年过去了，艾草的味道，一直在我的记忆里弥漫。我亦是庆幸着，有端午在，就有艾草在，就有温暖在。

欢喜心

写下这个标题时，我笑了。对，欢喜心，——这似乎与谈写作没多大关系。

然而，我还是无比欢喜地写下。

此刻，是晚上八点零六分。初夏的天，薄凉。窗外有雨，滴答，滴答。是白天下的那一场雨，入夜了，它也没有疲倦消停的意思。我觉得，雨是乐界里的高手，极讲音律况味的。缠绵时如喁喁私语，威猛时似千军万马。从古至今，人都喜听雨，还特地造了亭子叫听雨亭。造了楼阁叫听雨阁。听雨品茶，是人生中的乐事雅事一件。那么，我这会儿听雨写字，也是莫大的享受了。

此刻，台灯亮着，青花瓷的。上面有手绘的一枝红牡丹，丰腴而富丽。——这是顶叫我欢喜的。我在这样的台灯下写字，仿佛每个字都被绣了彩边。

如果没有雨呢？——我知道，那一定有月。月到中旬，是大而圆的，像花朵。记起那日夜里漫步，一个人一路嗅着草香花香，一直走到郊外也不自知。一抬头，乍然与一个大月亮相遇。彼时，风声轻软，万籁俱静，四周澄清得近乎透明，天空是，大地是，花草树木也是。天上的那个月亮，仿若一朵水莲花，静静地开在半空中，浮在夜色里，整个天地都为它的光华陶醉。我的心，欢喜得无可无不可。天空在，大地在，月亮在，我在，没有比这更好的世界了。

又想起，那日在山东一个叫高唐的小城开会，一扭头，看到窗外茫茫一片湖水。惊喜万分。寻问，得知湖叫鱼丘湖。我想象着它是由无数条小鱼汇聚而成，心立即坐不住了，终逃了会，一个人去逛鱼丘湖。午后，湖边安静，风吹湖水，荡起一圈圈涟漪。柳枝纷披青绿，亦是安静的。我突然邂逅到一老人，红光满面，独自安坐在柳树下，打着盹。身边的随身听里，有相声在播。我的经过，老人觉察到了，但他也只是让眼睛眯开了一条缝，看看我，复又闭上，继续打着他的盹。我微笑地看着老人，心里有感动和欢喜蔓延。人生至此，已如一棵树一样，一汪水一样，安详着，世事纷扰，都不关他的事了，他只管享用着当下的那一分一秒。

好吧，我们回到写作的话题上来。常有朋友问我，梅子，你怎么能写出那么多温暖而美好的文字？我的回答是，拥来一颗欢喜心。这颗欢喜心里，能盛下自然万物，尘世寻常。如果你拥有了，你的文字，也定会散发出温暖和美好来。

链接文章

跟着一朵阳光走

那日，我正收拾书桌，突然看到一朵阳光，爬到我的书上。一朵小花似的，喜眉喜眼地开着。又像一只小白猫，蹑手蹑脚着。

我晃晃书页，它便轻轻动了动，一歪头，跳到桌旁的一盆水仙上。在水仙的脸上，调皮地敷上一层薄粉。后来，它跳到窗台上。跳到门前的一棵树上。树光秃秃的，冬天还没真正过去，这朵阳光却不介意，它在赤条条的树枝上蹦蹦跳跳。它知道，用不了多久，那里会重新长出叶来。

那时，春天也就来了。

我的脚步不由自主地跟过去，我要跟着一朵阳光走。

阳光跑到屋旁的一堆碎砖上。碎砖是一户人家装修房子留下来的，被大家当作了晒台。有时上面晾着拖把。有时上面晒着鞋子。隔壁的陈奶奶把洗净的雪里蕻，晾在上面，说是要腌咸菜。她半是骄傲半是幸福地说，她在省城里的儿媳妇，特别爱吃她腌的咸菜。

阳光在砖堆上留下了它的热，它的暖。它又跳到一小片菜地上。小菜地瘦瘦长长的，挨着一条小径。原先是块荒地，里面胡乱长些杂草，夏天蚊虫多，走过的人都速速走开，漠然着。后来，不知谁把它整出来，这个在里面栽点葱，那个在里面种点菜。还有人在里面栽了一株海棠。阳光晴好的天，海棠花凌凌地开了，一朵一朵，红宝石似的，望过去特别漂亮。大家有事没事，爱凑到这儿，看看葱，看看菜，赏赏花，彼此说些闲话。

谁也不曾留意，阳光已悄悄地，跳到了人的心里面。

现在，这朵阳光继续着它的行程。它走到一片绿化带上。绿化带上有树，有草，也有花。草枯了，花谢了，然不要紧的，它会唤醒它们。我似乎听到它的耳语：生命还会重来，美好就在前面等着。

人是怀抱着希望在这个世上行走的，植物们何尝不是？

树是栾树，叶掉了，枝上留着一撮一撮干枯了的果。我伸手够一串，剥开，里面黑黑的珠子跳出来，和这朵阳光热烈拥抱。我想起有关栾树的记载，说是寺庙多有栽种，用它们的果粒来穿佛珠。

尘世万物，本就存了佛心的。

一只小鸟，在路边的草地里跳跃。它的嘴巴尖尖的，长长的，一身斑斓的毛。奇的是，它的头上，长了两只小小的角。我不识这是什么鸟，这无关它的欢喜安乐。它的头，灵活地东转西转，东张西望，仿佛初来乍到，对周遭的一切好奇极了。

这朵阳光，跳到小鸟的脚边。小鸟一定感觉到了，它低下头去啄食，一上一下，一上一下，怎么啄也啄不完。天空高远，草地温暖。

我微笑起来，干脆在路边坐下来，看小鸟，看阳光。阳光照强大也照弱小，阳光善待每一个生命。我们要做的，唯有不辜负，不辜负这朵阳光，不辜负这场生命。

梅子的话

常常的，我总不由自主地欢喜。听到鸟叫，我会欢喜。看到花开，我会欢喜。我会欢喜地追着一片月色走。我会欢喜地蹲在湖旁，看露珠一颗一颗，在荷叶上滚动。下班回家，路过一条河，看到阳光在水面上起舞，如穿着银衫银裙的女孩，我欢喜极了。路过一条街，看到做烧饼的妇人，把一捧一捧肥绿的青葱，洗净，晾在匾子里。青的葱，映着她白的围裙，看上去，很清爽，我亦欢喜起来……

万物有序，总不会辜负你的眼睛和耳朵。请学会欢喜吧。

永远的天籁

邻家小女孩，两三岁，整日里挥动着藕段似的小胳膊，蹒跚着往前冲。不管前方是一个水洼，还是杂草丛生的小坑，抑或只不过是寻常的一段路，上面飘着落叶几枚，在她，都是缤纷无限充满诱惑的，她不顾阻拦，满怀热情地奔了去。

她把一切事物，都当作好朋友。她会对着一棵草说话。会对着飘过的一枚叶说话。会很认真地打量一瓣花，伸手轻轻摸摸它，跟它打招呼："你好啊。"会对着墙角的小板凳唱歌，哄小板凳不哭。会轻轻拍着她的布娃娃，喂它吃饭。半夜里睡醒，她会担心，小猫有没有睡呢？小狗有没有睡呢？小鸟有没有睡呢？月亮有没有睡呢？星星有没有睡呢？

下雨了，雨点落在花上。她说："花在哭。"天晴了，草叶儿飞起来。她说："草在笑。"和妈妈一起去河边散步，看到河面上浮着纸屑和落叶，她突然站住，说："小河疼。"有一次，我见她用小勺在挖小坑，很卖力地挖着，便问她："宝贝，你在做什么呢？"她答："我在种面包呀。"她把面包屑子埋进去，坚信它会长叶会开花，会结出吃不完的面包。

每一个孩子，天生都是诗人和作家。他们随便说出的话，都是一首首动人的诗篇，里面流淌着天籁。

这让我想起作家刘亮程来。初秋的天，我们一行人赴秦岭深处采风，在一个叫华阳的古镇上逗留。那里，有当地人称之为神鸟的朱鹮。天色将晚，山谷之中暮霭苍苍。突然，有白色的影子，从绿树间扶摇直上。众人惊呼："朱鹮！"一齐仰头观望。青山苍翠，映着白色的影子，无限美好，令人为之沉醉。然等听到朱鹮的叫声，呱呱呱的，不少人立即失了望，"怎么叫起来像乌鸦？一点也不好听。"有人说。一直没吭声的刘亮程却欣喜地说："它的叫，如天上开门之声。"

我在一边听着，愣住，为他的与众不同。怨不得他能写出那么多天籁一样的文字，原来，他的心中，住着一个孩童。而所有的孩童，都长着一双想象的翅膀。我想起他在《对着一朵花微笑》一文中的句子："我一回头，身后的草全开花了。一大片。好像谁说了一个笑话，把一滩草惹笑了。"这是专属于刘亮程的文字，别人模仿不来。

我心有所悟，一个写作者，心中若没有了孩童的好奇与欣喜，没有了一颗天真的童心，怕是很难在这条路上走下去的。所以，对这个世界，你要永葆童真，永远心怀一曲天籁。唯有这样，你才能轻松地驾驭文字，让它们一个一个，落地生花。

链接文章

红沙满桂香

这时节，总免不了要对桂花絮叨几句。

它是那么顽皮，又是那么莽撞，如装着满肚子好奇的稚气小童，跌跌绊绊地奔着、跑着，总是趁人不注意，偷袭于人，扰了人的心思。人在花香里愣神。也仅仅是稍一愣神，立即明了，哦，是桂花开了。

香，是它特有的香。无论是在烟雨朦胧的江南，还是在苍翠笼罩的秦岭，那香，是不改一丁点的。万千花木之中，你只要轻轻一嗅鼻子，就能轻易地辨认出它来。像熟悉得不能再熟悉的人，纵使久别，你也能在纷繁芜杂中，循着他的气息而去。

嗅，使劲嗅，——是恨不得拖住身边走过的每一个人，让他们也闻闻这桂花香的。终有人觉着了不寻常，前行的脚步慢下来，左右寻视，脸上有笑意浮起，似自语，又似对你说："桂花开了呢。"

你回她一个笑。陌生的相逢，有时会因这点点花香，濡了心，在一瞬间达成默契。说什么都是多余的，那么，就笑笑吧。都懂的。

这时的桂花，也还是试探式的，枝头上爆出三五朵，像偷跑出门来的孩子，藏了香，这里洒一点儿，那里洒一点儿，它却躲在一边偷偷笑，就看众人的反应了。等大家终于觉悟起来，四处寻觅，欢喜地说："啊，是桂花啊。"它便再也按捺不住，飞跑出来，就差大着声叫了："对啊对啊，是我啊，我在这里啊！"一树的花朵，都被它唤醒了。大伙儿争先恐后提着香出来，到处泼，于是乎，角角落落，便都是它的香了。

这之后的大半个秋天，你总能不期然地遇到它。是在露水暗落的晚上，你走着走着，就被浓烈的香牵了脚步。你停下来，任花香围绕着你跳舞。忍不住想，露水用它调制成酒，给谁饮呢？是给秋虫吧。草丛里，秋虫们叫声缠绵，是喝醉了；是给秋风吧。秋风走得东倒西歪，吹起的每一缕里，都喷着香，是喝醉了；是给秋月吧。秋月眯着眼，脸上起了红晕，是喝醉了。你也仿佛醉了，一个晚上，你都异常高兴，看见谁都傻笑，性情温和得不得了。

也在微雨中，会碰到它。这个时候，它化作滴滴香雨，落在你的眉上、发上、肩上，落在你的心里。你静静站着，感受着这份静美。多少年了，生命中走失过多少的人和事，再不相见。唯它，年年如期而至，从不背弃，亦不爽约。你很感动，生命中终有赤诚可信。

朋友心情不好，婚姻遇阻，像一道过不去的坎。你约她出来，于夜色中漫步。也不多说什么，有时，默默地陪伴，便是最好的慰藉。你们绕着街心公园一遍一遍走，突然，步子就乱了，是桂花的香惹乱的。你们上上下下一顿好找，却发现，它就在身边，那些做成矮墙的绿树，原来是被修剪过的桂花树，上面密布着小黄米似的花朵。

你摘一些碎花放朋友掌心，任她握着。回到家后，你接到朋友的电话，她说，手上全是香呢。我会好好的，你放心。

你笑了。你自然放心了，有这样的好香可闻，当是不会轻易浪费生命。突然想起李贺的《大堤曲》来，开首就染着浓郁的桂花香："妾家住横塘，红沙满桂香。"你实在被诗里女子的俏皮逗乐了，又是顶羡慕她的，多好啊，青春妙龄，明眸皓齿，怀着爱的情意，伫立在秋风中，一袭红衣，满袖都拢着桂花香。

梅子的话

好多读者，都难忘我文字中的夸张和比喻，他们好奇地追问，梅子老师，你怎么想得出来的？我答，只要你的眼睛足够纯真，只要你的心足够低矮，矮到和孩童一样高，你就可以随时聆听到天籁。

要做到这一点，貌似容易，实则较难。你要摒弃一切的纷繁芜杂，不伪不装，清静澄明。你要在心中养着童话。

文字的落脚点

张爱玲在她的名作《金锁记》中，是这样开头的：

三十年前的上海，一个有月亮的晚上……我们也许没赶上看见三十年前的。年轻的人想着三十年前的月亮该是铜钱大的一个红黄的湿晕，像朵云轩信笺上落了一滴泪珠，陈旧而迷糊。老年人回忆中的三十年前的月亮是欢愉的，比跟前的月亮大、圆、白；然而隔着三十年的辛苦路往回看，再好的月色也不免带点凄凉。

这种写法，在我们的写作中经常被运用到，让文字有了落脚点。从触摸记忆中的某个角落开始，把情绪的弦，慢慢调匀，轻拢慢捻，营造出一种佳境来。就像音乐家演奏一首曲子，必先来个过门儿，或舒缓，或激越，或忧伤，或欢快，顺理成章地，把听众的注意力，引入到他（她）将要弹奏的故事或心情中去。以今抚昔，以昔映今，丝丝入扣。如同《诗经》中所描写的那样：

昔我往矣，杨柳依依；今我来思，雨雪霏霏。

岁月如此悠悠，让人在不知不觉中，被打动，被感染，生出无限的感慨，得出不一样的生命体验。

从前的那个角落里，也许藏着一个三十年前的月亮。也许长着一棵二十年前的树。也许有着一幢上了年纪的老房子。也许伫立着一个着白衫有着细长眼睛的少年。也许是一池的莲与荷，一扁小舟荡漾其中。也许就是某个节日，有着一颗雀跃的心，和满满的欢乐。

人的一生，一直在旅途的行走中，不断地相遇着，告别着。许多的，都在消瘦，包括风景、生命、容貌、健康。唯有记忆，却越活越丰满，越老越醇厚。从前的角落里，藏着的那枚月亮和老房子，和白衣的少年，和一池的莲与荷，是他（她）的，我的，也是你的。

谁没有回望过过去，生出留恋？从前的日子，哪怕有再多不堪，在回忆里，也都被镶了彩边。因为，那是回不去的岁月。正因为回不去，才有了独特的文字魅力，才更具有拨动人心的力量。

老旧的电影，老旧的唱片，老旧的屋子，老旧的蒲扇……我们在一些蒙了尘的旧物上，很容易就能看到曾经鲜活过的印迹，心会莫名地生出疼惜来。那些生命中的过往，是人类之所以生生不息的奥秘所在。我们的文学创作，又怎能避开那一些？

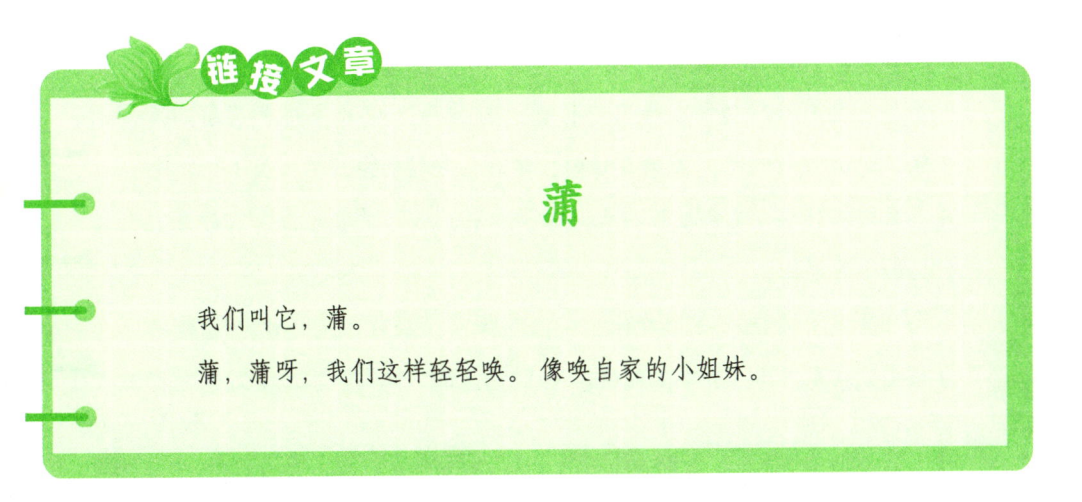

链接文章

蒲

我们叫它，蒲。

蒲，蒲呀，我们这样轻轻唤。像唤自家的小姐妹。

蒲是跟苦艾长在一起的。有水的地方，几乎都能瞥见它的身影，绿身子，绿手臂，绿头发，在清风里兀自舒展，翛翛复翛翛。

它是从哪一天开始进入我们小孩的视野的？实在说不清。它跟乡下的许多植物一样，存在得那么天经地义合情合理。我们熟稔它，也是那么天经地义合情合理。就像河里本来就有鱼，空中本来就有飞鸟。它生来，就是村庄的一部分。

端午节，家里大人一声令下，去采些蒲和苦艾回来。我们领旨般的，撒了欢的直奔它而去。都知道，它在哪块水塘里长得最茂盛呢。

这是一年一年承传下来的风俗，过端午，家家门上必插上蒲与苦艾。也在蚊帐里悬挂。也在家神柜上摆着。节日的气氛，被渲染得浓烈又隆重。

苦艾味苦，苦到骨头里，是愁眉苦脸的一个人哪，终年看不见他的笑。我们采一把苦艾，手上的苦味，搓洗很久，也去不掉。我们不爱。蒲却清清爽爽的，是喜眉喜眼的女儿家，又憨厚，又天真。它在水边端然坐，青罗裙带，长发飘拂，碧水缭绕，那方水域，也都染着淡香。我们拿它绿绿的枝叶缠辫梢，每一丝头发，都变得好闻。

夏天，它抽出一枝一枝橙黄的穗，像棍子一样的，我们叫它蒲棍。采了它，晚上点燃了熏蚊子，屋子里也就散发出好闻的蒲香味，像撒了一层薄薄的香料。我们也举着它，当灯，去草丛里捉蟋蟀，捉蚂蚱。

家里也总有几样物件，与它关联着。像蒲扇。它比不得芭蕉扇，又大又笨，扇出的风也大。蒲扇是轻的、软的，它轻摇慢拢，不疾不徐，永远是那么的好脾气，适合温顺的女人和孩子用。乡下的孩子，人人都有一把自己的小蒲扇的。

还有蒲席、蒲鞋。冬天在床上垫上蒲席，又轻软，又暖和。蒲鞋则是好多贫穷人家，冰天雪地里的暖。那时也只道它寻常，不过是野生野长的野草罢了。并不过分珍惜，也没过分看重，只是日日相见的那个寻常人，在骨子里亲着，爱着，却不自知。

经年之后，我在一些书籍里遇到它，才吃惊起来，原来，它的来历，非同一般。它入得了菜，入得了酒，入得了药，还入得了爱情。它简直就是隐世高人一个。

早在《诗经》里就有："其蔌维何，维笋及蒲。"盛筵之上，蒲和笋一样，是当作佳肴被摆上桌的。春日初生，它白嫩的根和茎，是鲜蔬中的珍品。

还是在《诗经》里，它闯进一个少女的心扉，成了她辗转反侧的爱恋，"彼泽之陂，有蒲与荷。有美一人，伤如之何"，"彼泽之陂，有蒲与蕳。有美一人，硕大且卷"，"彼泽之陂，有蒲菡萏。有美一人，硕大且俨"。河畔泽地，它与荷在一起，它与兰花在一起，它与莲在一起，是那么的卓尔不群！英俊又健美的少年郎哪，怎不叫人相思！

蒲也被智慧的先民们，用来泡酒。"不效艾符趋习俗，但祈蒲酒话昇平"，唐人殷尧藩在过端午时如是祈愿。在那之前，应该早已有了这样的传统，在端午，必喝上几杯蒲酒，祈愿人世安稳太平。有些地方，更是把此酒引到婚宴上，拟出"喜酒浮香蒲酒绿，榴花艳映佩花红"这样的对联，真个是美酒飘香，花美人俏，地久天长。

蒲还是上等的药材，全草入药，曰"香蒲"。它的学名，原就叫香蒲的。花粉亦是入得药的，叫"蒲黄"。果穗茸毛入药，则叫"蒲棒"。带有部分嫩茎的根茎入药，叫"蒲蒻"。这样的药煎熬出来，怕也带着一股子香的。

小城新辟的观光带中，不知是谁的大手笔，竟辟出四五个浅塘，里面长的，全是蒲。阔别它多年，偶然遇见，我的惊喜不言而喻。我不时跑过去看它。它开花，嫩黄浅白。它抽穗，橙黄的一枝枝，像棒槌一样的，昂立，长长的碧叶衬着，实在漂亮。它还有个别名，叫水蜡烛，真正是形象极了。它是替鱼照着光明？还是替莲和菱？还是心中本就生着一枝枝光明？

我每回去，都见有孩子在它边上玩耍。他们攀下一枝枝水蜡烛，在风中快乐地挥舞着。我为他们感到庆幸，有蒲熏着的童年，总有一缕清香在飘拂。

梅子的话

写点从前的东西——我有时，很急。我怕再不写，我会彻底忘了它们，——这往往是由不得人的。天灾人祸，疾病灾难，总会让一切戛然而止。

我也总是劝慰一些写作的人，写点从前的东西罢。因为属于你的从前，再不写，它就真的消失了。而我们的生命经历，都是一次性的，再无重复的可能。又，以昔映今，你的文字染上怀旧的色彩，会变得浓郁起来，让人更懂得感恩，珍惜当下。

好奇心

我写下这个题目时，是有少许犹豫的，——我又要跑题了，明明是要谈写作的，我却扯上好奇心了。

是，我是要说说好奇心。我认为这个很重要，不光对孩子而言，对我们成人来说，丢失掉一颗好奇心，也是一件相当可悲的事。因为有好奇，这个世界才好玩。因为好玩了，人生也才有乐趣了。因为有乐趣了，日子也才会过得有滋有味。你的眼中，也才会有四季明朗，叶落花开；也才会有草长莺飞，人情冷暖；也才会有波浪追逐，雨晴烟晚。一句话，你才会活得有情有义有温度。

我被邀请到一个作文大赛现场去。当我们几个出题者，把一个相当有趣的命题《真有趣》摆出来时，我们是有几分得意，且有着无限期盼的。谁的人生路上，没发生过一件或几件有趣的事儿呢？孩子的趣事，应该更多，因为他们都有颗天真烂漫的心哪。他们面对这个题目，将不会无话可说，他们会洋洋洒洒，一挥而就，边写边笑。呈现在他们笔下的，该是怎样一个缤纷的世界啊！卷子尚未发下去，我们几个评委已有些迫不及待了。

结果大出我们意料，选择写《真有趣》这个题的孩子，竟少之又少。写下来的所谓趣事，也几乎是没有任何趣味可言，哪怕是泛起点小泡泡，让人的心，能跟着动一动也好啊。却没有。我只觉得一阵难过，我替孩子们难过，他们把他们最可贵的东西——一颗好奇心，给弄丢了。

曾经他们不是这样的。一堆儿沙子，他们能玩上大半天。也能把一片草叶儿当宝贝，捏在手上，左端详，右观看。他们会对着一只小鸟说话。会跟小猫交朋友。他们会追着一阵风跑，想跟风比赛谁跑得更快。他们相信把面包埋在土里，会长出面包来。相信妈妈是超人，上天入地，无所不能。相信月亮上也有一个小孩，和他一样。他们看到花朵上的雨露，会说出"花哭了"那样诗意的话来。他们看到小河上飘着垃圾，会皱着小眉头，说"小河会疼"。他们说小草睡着了，星星们在唱歌，小蚂蚁在玩捉迷藏。他们把阳光当作牛奶喝，一杯一杯，自斟自饮，脸上现出心满意足的神情。

每个小孩，天生都是诗人。那是因为，童心里，住着好奇。他们在探究和想象里，收获着无穷的乐趣。像小鸟钻进了芦苇丛。

只是，从哪一天起，孩子们都端着一副书本面孔，神情木然？虽有虫鸣唧唧鸟雀啁啾，他们却听不到。虽有花开凌凌云霞织锦，他们却看不到。他们如同空了心的稻草人。试问，这样的孩子，如何去描写生活描绘人生？又如何让他们笔下的文字活色生香？——文为心声，心都没了，哪里还能发出声音？纵使有声音，也是模仿出来的，也是偷来借来的，不是他们自己的，假的，很造作，不自然。

写到这里，我的心又是疼疼地跳了一下，我知道我的情绪有些激动了，我实在为我们的孩子担忧，他们活得不像孩子，他们早早被格式化，被功利化了。他们读书、写作，更多的不是因为喜欢，而是为了考试，为了分数。这无形中步入一个怪圈子，越是如此目标明确，孩子们越是不知如何阅读如何写作了，因为，他们的好奇心被弄丢了。

我想借这一页纸张，发出一声呼唤：宝贝们，快把你们丢失的好奇心给找回来吧。走路的时候，你不妨张开你的耳朵，听一听虫子叫，鸟雀叫。听一听风声，雨声。听一听叶落声，水流声。世上再美妙的音乐，也敌不过大自然的轻微的呼吸。你不妨睁大你的眼睛，抬头看一看天空，看看天上的云朵，如何变幻。这世上所有人物风景，都在天上找到影像。你不妨看看月升日落，感受下"物换星移几度秋"。低下头来，你可以看一朵花，怎样描摹着色彩。看一片草叶儿里，盛着雨露，或是阳光。看一只蜗牛，慢慢爬行。这个时候，你尽可以放飞你想象的翅膀，任它自由翱翔。

倘若你能这样坚持下去，你麻木的心，会慢慢有了温度，会慢慢变得柔软起来。再看这个世界，你会感受到，花草有情，人间有爱。你会心怀感激和感动，且努力去做那美好中的一分子。到那时，你的笔下，俗世的温暖，都会一一来齐聚，你还愁没东西可写吗？

链接文章

倒影

母亲爱到屋后的河边去汰洗。洗衣洗农具，淘米洗菜，就算洗只饭碗洗双筷子，她也不辞辛苦，爬低蹬下，越过高低不平的砖阶，下到河边去洗。

前些年她手脚还利索，我们也不便说什么，就由着她去。屋后的那条河，对我们来说，也是时时念着想着的。我们想到老家，首先想到的就是那条河。我们兄妹几个，是喝着那条河的河水长大的。我们吃里面的螺蛳、蚬子和鱼虾。每个夏天，我们小孩子都是泡在水里面的。玩打水仗，摸鱼摸虾，穷日子也过出无限的欢乐来。一河两岸的房屋树木，倒影在水里，被水描摹成画。

有时，我会坐到河边，看着那些倒影发呆。鱼在我们的树木和房屋间穿梭。螺蛳爬上我们的屋顶了。水草荡漾在我们的窗户上。我猜着，我的倒影，应该在哪幢房子中间。这是极有意思的事。小野花们开满河畔，小鸟在柳条间呼来唤去。时光悠长得能辫成我脑后的小辫子，我想了一些没有边际的事，完了，扯一把野花，回家插在玻璃瓶里。

现在，母亲年岁毕竟大了，又加上河边少有人走动，杂草丛生，原先被我们踩得溜光水滑的砖阶，已变得坑洼难走。母亲若是摔了，那绝不是闹着玩的。警告母亲，不许她再到河边去。家里不是有自来水吗？又费不了几个钱，我们这么劝她。

母亲明里答应着，好，不去了。但暗地里，她依然故我。一天都要下到河里若干回，爬低蹬下的。她又养几只鸭。借着鸭的名义，她更是非去河里不可了。鸭子是要人看管着的，不然，它们贪玩，不晓得回家的，母亲振振有词。等鸭子生了蛋，我给你们腌起来，你们回来拿，早上吃粥，吃一只咸鸭蛋刚刚好，母亲说。

跟她生气，说，我们不要吃你的咸鸭蛋，只要你把自己保护好。母亲也只当耳旁风，她说，没事的，你们放心，我会很小心的。每天，她仍跟着那几只鸭子下河去。在河边一待就是小半天。我想，母亲是在看鸭子们呢，还是在看水里的倒影？那会儿的母亲，会想些什么？她想起从前的时光吧，村庄繁茂，孩子喧闹。一河两岸，她熟悉的那些房屋，那些树木，还在河里住着，水把它们描摹成画，很丰盛。然现实里的村庄，却越来越瘦，越来越寂静。母亲和我们的对话便常常是这样的：你们什么时候回家来？

——哦，等我们有空了吧。

家里的白萝卜长势喜人，母亲充满期待地问我，回家来吃？她知道我爱吃这个，所以每年都会种一些。汪曾祺夸他高邮的水萝卜，说他家乡人叫它杨花萝卜，"萝卜极鲜嫩，有甜味，富水分。自离家乡后，我没有吃过这样好吃的萝卜"。但他那是红皮子的，小。我的老家离高邮不远，长的是白萝卜，从皮到肉，全是雪白雪白的。个大，有胖娃娃的胳膊那么粗。我们叫它白萝卜。咬一口，嚓嚓脆响，满嘴流汁，赛雪梨，——我以为它是天下第一好吃的萝卜。

我回去吃萝卜。家里一通找，没见母亲。我径自去了屋后的河边，猜想着母亲肯定在那里。果然，母亲正蹲伏在水边，洗着一堆给我准备的白萝卜。母亲的背驼得很厉害了，像扣着一只小铁锅。母亲的倒影，映在水里，被水波温柔地抚摸着，看上去，是风华正茂的好年华。

梅子的话

现在的孩子写作，大多是言而无物，表情僵硬，抑或是，东拼西凑，不知所云。问其缘故，他们一脸无辜，日子天天如此，哪有东西可写？他们的嗅觉不再灵敏，他们的味蕾，已日渐迟钝，他们的听觉和视觉，几乎丧失。这很可怕。因为这不单单是能不能写出好文章那么简单的事，而关乎他们长长的人生。如果不能感受到这个世界的温度和爱，他们又如何心存善良和怜悯，去成就美好？我今天似乎说了个与写作无关的话题，但天知道，这对于写作来说，多么重要！

身边之美

暮春的一天，我去一个学校做讲座。

一进校园，我就被惊着了，我没想到一个中学校园可以那么美，它简直就是一座植物园。一眼望去，绿树掩映，繁花朵朵，有玉兰、红叶李、晚樱、紫荆、海棠、樟树、女贞、石楠、红花继木等等，它们各自成景。树下的草地上，绿草茵茵，来串门的"小客人"也多，一年蓬、小蓟、蒲公英、繁缕、苦苣菜、宝盖草等等，不一而足。它们你追我赶地开着花，或黄或白，或粉或红，活泼生动，相映成趣。我的耳旁响起一首儿童歌曲："花香鸟语春光好，喔噢，今天又是一个艳阳照。"我为孩子们感到庆幸，他们生活在这样的校园里，真是太幸福了。

孩子们集中在大操场上，远望去，如蓬勃着的一大片葵。校领导陪着我，从校门口，一步一步走向操场。我一边和他们说着话，眼睛却没有闲着，而是像摄像机似的，把周围的景物，无一遗漏的，全摄入到我的眼里。

后来，在讲座时，我问了孩子们这样几个问题：

你们日日生活在这个美丽的校园里，有哪个宝贝能告诉我，一进校门，率先映入我们眼帘的植物是什么？它开花么？开什么颜色的花？它结果么？果实又是什么样的？在秋天，它的叶子是变黄，还是变红，还是变成黄褐色？

从校门口，到我们这个操场，路两边栽种得最多的植物又叫什么名字？它们开花么？花是什么颜色的？质地如何？气味如何？

而就在此刻，就在眼下，在我们这个校园里，正嘭嘭嘭地开着大朵大朵花的，又是哪些植物？树下的草地上，也有众多小野花，你知道它们分别叫什么名字么？它们的花蕊，又是什么样的？你能形容一下么？

孩子们被问傻了，他们你看看我，我看看你，支支吾吾答不上来。只有两个孩子，勉强说出有玉兰花，有海棠花，有樟树，却对栽种得最多的红叶李，视而不见。对眼下正热闹地开着花的植物，更是毫不知情。

我说出了答案。我说一进校门，率先映入眼帘的，是一棵很葱郁的石楠树。这个季节，它浓密的叶间，开着一捧一捧细碎的小白花，气味很特别，香中带臭，有点熏人。尤其在夜露降临的时候闻，那气味，更是浓烈。秋天的时候，它们会结出一串串红果子，跟圆溜溜的红珍珠似的。眼下正开着大朵大朵花的，是晚樱和茶花。你们看，在这个操场边上，就有两棵晚樱啊，花朵重瓣，红粉里，映着白，大而柔软，像用丝绢叠出来的。茶花开在不远处，有好几大棵呢，花朵艳红，大而笨拙。我又介绍了草地上的那些花。

孩子们随着我的介绍，发出一声声"啊"的惊叹，他们根本没想到，他们的校园里，会有这么多的花。他们说，我们的校园也很美啊。

我说，是的，它本来就很美啊。可惜你们日日生活在其中，却对它的美熟视无睹着。我只是一个过客，仅仅用了前后不到十分钟的时间，却把它的美，一一收入我的囊中。这就是我之所以能够写出文章，而你们不能的缘故啊。

宝贝们，别再问我写作的方法是什么。若你真的也能做到熟知身边的每一棵树，每一棵草，每一朵花，并发自内心的热爱它们，为它们每一片叶子的长成、每一朵花的盛开而欣喜，那么，你也就找到打开写作之门的钥匙了。

链接文章

繁缕

草地里、小河边、树林中，如果你愿意低头去寻，总能邂逅到一些新的"客人"，如野豌豆，如卷耳，如蒲儿根。

这些"客人"是打哪儿来的呢？这真叫你惊奇。你想的是距离的遥远。从你的乡下，跑到这城里来，要蹚过好几条河，要走很远的路，有时甚至要翻山越岭。它们一经来做客，就全然没有要离开的意思，反客为主地住下来，扎扎实实过起小日子。

我五点钟出门，原是想等一场落日的。五月的天，满世界绿意招摇，风也有着新绿了，天光也有着新绿了。人的眸子里，便晃着一波一波的新绿，水样的荡漾着。

看到有新绿爬上人家的窗，我很是幻想了一下，觉得住在那一窗新绿后面的人，真是美好得不能再美好了。无端想起大诗人元好问的诗："枝间新绿一重重，小蕾深藏数点红。"这是写海棠的。那"数点红"红得实在妙啊！芳心暗许春光，却又不肯轻易说出。那一窗新绿掩映下，是不是也藏着一个，海棠花一样的人呢？

不知不觉，我已走到一片杨树林中。我习惯性地低头寻宝。树下面的宝贝实在多，一根羽毛是，一片带着斑斓色彩的落叶是，一只蜗牛是，一只漂亮的甲壳虫是。当然，我最着迷的，还是那些小花小草。每一次，我都能碰到意外，——我确信我来过很多次，都没遇见。我确信，它们是新的居民。

今日，我在林子里，跟小蓟、野芹菜、苦苣菜、琉璃草这些"熟人"打过招呼后，我突然遇见一大片的繁缕。细弱纤柔的茎上，顶着星星点点的小白花，五瓣一抱。我"咦"一声叫出来。我们走散多年，不期而遇，我很开心。

它还是从前的样子，一点儿也没变。岁月能偷走人的青春和欢颜，却无奈何一棵植物的，岁岁年年，它们都是一副欢喜水灵的模样，稳稳扎根于大地之上。天地恒久里，该有着植物的一份功劳。

在我的乡下，乡人们叫它野墨菜的。我以为是野麦菜更恰当，因它最喜欢在麦田里安家。麦子绿的时候，它也绿了。麦子开花的时候，它也开花了。麦子结穗的时候，它也结果了。不过，它的绿，比麦子的绿要浅淡得多，是极具温柔色的。又茎叶嫩，且脆，轻轻一碰就断了。家里养的猪啊羊的口福不浅，那些日子，埋头吃着野墨菜，吃得肚儿溜圆。它的种子，鸡和鸟都喜欢食。三月土地解冻，刚冒出来的繁缕，人亦能作菜蔬食，据说极清甜可口。我没食过，跃跃欲试。

繁缕也是功用极多的药草。它的花语是恩惠，非常贴切。它就是大地赐给世间的礼物。

梅子的话

我曾说过这样的话：我们以为的好风景，都在远方，岂不知，你所在的地方，也是他人的远方。

我们总是犯着这样的错，对身边拥有的美好，熟视无睹，视而不见。我们忽略着花朵、阳光、星辰、雨露，忽略着鸟鸣婉转虫叫喁喁，一颗心变得又麻木又冷漠。这样的心里，怎么能诞生出好的词语美的文字？写作也是一种人生修为，该从热爱你身边的拥有开始。

插上想象的翅膀

在当今一批女作家中，我比较偏爱朱天文的文章，每遇见，不会错过。她的文章，用词极是清丽。读她，像对着一丛九月雏菊，不用看那朵朵浅笑的小脸蛋，只闻闻那淡淡香气，亦是迷人的。如果再有黄昏的金粉撒落在上面，那景象，更是不得了了，多么叫人赏心悦目。我涌出这样的想法：哪天，我要穿了心爱的碎花长裙，携了朱天文的书，去野地里采野花。那一定是极美好的一件事。

朱天文极爱用想象，比如，她写在野外意外发现了草莓，这一寻常水果，在她眼中，是有灵有肉的。她是这样描述的："草莓的叶有刺针，花是粉白色，荆棘丛中一点晶莹的艳红，是孩子们惊喜的心。"这里，她把草莓比喻成心，且是孩子们的心，一下子使静物灵动起来，活泼起来，草莓的形象，跃然纸上，让人回味无穷。

比如，她写十月的风。她这样写道："十月的风都是金色，一阵刮起来，漫天漫地碎碎的阳光。"我们不妨掩卷思索一下，假如让我们写十月的风，我们会怎么写呢？十月，已是秋了，天气渐渐冷下来，风刮得大起来，凉起来。我们很自然地，会从声音上写它，写"十月的风，呼啦啦刮着"。我们也会从温度上写它，写"十月的风，凉凉地吹着"。我们却不会想到，风原来也是有颜色的。金秋十月，到处一片成熟的金黄，那风，岂不是被染上了金色？那么，春天的风呢？春天万花齐放，姹紫嫣红，争奇斗艳。春天的风就该是五颜六色的。而夏天，绿渐深厚，尤其一场雨后，绿意更深，满眼的绿波缱绻。夏天的风，就该是绿色的。到了冬天，雪花落下来，满世界一片粉妆玉雕。这时候的风，自然成了白色的。

想象，就是这么来的。它让毫不相干的两个事物，彼此有了关联。用一个衬托另一个，这才有了生动。下文中我写的《秋天的黄昏》中，便运用了很多这样的想象，像"河堤上，是大片欲黄未黄的草。它们是有眼睛的。它们的眼睛，是麦秸色的，散发出可亲的光"。像"再贪恋地望一眼这秋天的夕阳，它一圈一圈小下去，小下去，像一只红透的西红柿，可以摘下来，炒了吃"。这样的描写，比直白的叙述，多了韵味，多了让人回想的空间。

要想营造不同的意境，要想使自己的文章能够活色生香，有时，我们必须打破常规，另辟路径，大胆运用想象。

链接文章

秋天的黄昏

城里是没有黄昏的。街道的灯，早早亮起来，生生把黄昏给吞了。

乡下的黄昏，却是辽阔的，博大的。它在旷野上坐着；它在人家的房屋顶上坐着；它在鸟的翅膀上坐着；它在人的肩上坐着；它在树上、花上、草上坐着，直到夜来叩门。

而一年四季中，又数秋天的黄昏，最为安详与丰满。

选一处河堤，落座吧。河堤上，是大片欲黄未黄的草。它们是有眼睛的。它们的眼睛，是麦秸色的，散发出可亲的光。它们淹在一片夕照的金粉里，相依相偎，相互安抚。这是草的暮年，慈祥得如老人一样。你把手伸过去，它们摩挲着你的掌心，一下，一下，轻轻的。像多年前，亲爱的老祖母。你疲惫奔波的心，突然止息。

从河堤往下看，能看到大片的田野。这个时候，庄稼收割掉了，繁华落尽，田野陷入令人不可思议的沉寂中。你很想知道田野在想什么，得到与失去，热闹与寥落，这巨大的落差，该如何均衡？田野不说话，它安静在它的安静里。岁月枯荣，此消彼长，焉有得？焉有失？不远处，种子们正整装待发，新的一轮蓬勃，将在土地上重新衍生。

还有晚开的棉花呢。星星点点的白，点缀在褐色的棉枝上，这是秋天最后的花朵。捡拾棉花的手，不用那么急了。女人抬头看看天，低头看看"花"，这会儿，她终于可以做到从容不迫，蚕事已告一段落，稻谷都进了仓，农活不那么紧了。她细细捡拾棉花，一朵一朵的白，落入她手里。黄昏下，她的剪影，很像一幅画。

你的眼睛，久久落在那些白上面，你想起童年，想起棉袄、棉鞋和棉被。大朵大朵的白，摊在屋门前的篾席上晒。你在里面打滚，你是驾着白云朵的鸟。玩着玩着，会睡着了，睡出一身汗来，——棉花太暖和了啊。

最开心的事是，冬夜的灯下，母亲把积下的棉花，搬出来，在灯下捻去里面的籽。你也跟着后面捻，知道有新棉鞋新棉袄可穿的，心先温暖起来。那时，你的世界就那么大。那时，一个世界的幸福，都可以被棉花填得满满的。

人生因简单因单纯，更容易得到快乐。你有些惆怅，因为，现在的你，离简单离单纯，越来越远了。

竟然还见到老黄牛。不多见了啊。人和牛，都老了。他们在河堤上，慢慢走，身上披着黄昏的影子。人的嘴里哼着"吆喝""吆喝"，——歌声单调，却闪闪发光。牛低着头，不知是在倾听，还是在沉思。你想，到底牛是人的伙伴，还是人是牛的伙伴？相依为命，应该是尘世间最不可或缺的一种情感吧。

鸟叫声响在村庄那边，密密稠稠，是归巢前互道晚安呢。村庄在田野尽头，一排排，被黄昏镀上一层绚丽的橙色，像披了锦。炊烟升起来了，你家的，我家的，在空中热烈相拥，久久缠绵。这是村庄的好，总是你中有我，我中有你。不设防。

突然听得有母亲的声音在叫："小雨，快回家吃晚饭噢——"你忍不住笑，原来不管哪个年代，都有贪玩的孩子的。

周遭的色彩，渐渐变浓变深。身下的土地，渐渐凉了，你也该走了。再贪恋地望一眼这秋天的夕阳，它一圈一圈小下去，小下去，像一只红透的西红柿，可以摘下来，炒了吃。

梅子的话

一直酷爱秋天的黄昏，像一枚金黄的秋叶般的，静美。我总要抽空出门，拣一处人迹稀少的地方，坐下。那时候，漫天漫地都是夕照的金粉。我泡在这样的金粉里，看着夕阳一点一点没进远方的黛色里。

四野里，声息不断，那是鸟归巢的声音。是万物静息的声音。是远处人烟的声音。但却有种超乎寻常的洁净。这个时候，我什么都可以想，什么都可以不想。心灵像接受一场洗礼，变得透明而单纯。我爱这样的黄昏，还有，在这样的黄昏下的自己，感觉自己变成了大自然中的一棵树，一棵草，一朵花，和着黄昏一起永恒。

想象是
语言的音符

我不知道，人类倘若没有想象，会是什么样的空洞和苍白。

对，我又提及"想象"这个话题。这会儿，我摊开一张纸，想写点什么。我还是习惯于用笔写。我喜欢笔在纸上沙沙行走的声音。那如同人的脚步在行走，一步一步，到达他想到达的那些幽深之处。

窗外的鸟的叫声，真是动听。我有时会觉得，那些声音，像小雨点洒落。又像池塘里新荷初开。我这么想着时，鸟和小雨点，新荷和碧绿的池水，便一齐来到我跟前。我因此而沉沦一会儿，微笑起来，幸福起来。生活的美妙，多半是由想象带来的。

我的思绪，还会信马由缰跑上一跑。我由鸟儿、小雨点、新荷、碧绿的池水，又会想到鸟窝、老家、炊烟和竹林，想到屋后的小河，小雨点落在上面，蹦蹦跳跳，画着梨涡。想到祖父祖母，想到父母兄妹，他们的笑脸，如春风，如暖阳，在我眼前浮现，很清晰。——这是联想了，由一事物想起与它相关的其他事物。没有想象，后面这一系列的联想，也就无法诞生。

那么，写作呢？写作里如果没有想象，写出来的作品，也就显得异常干瘪，无有趣味。——这是很显然的道理。人人都懂得，但却不由自主，关闭着自己的想象力，一日一日，在固有的模式与规格里，写着乏味的文章。

每每这时，我都替他们急，亲爱的，请打开你想象的大门呀。天上的白云，不止像棉花糖。它还可以像海豚在跳舞。它还可以像瀑布在飞泻。它还可以像成片的白茅在飞扬。它还可以像麦浪滚滚。它还可以像白兰花开在天上，一朵一朵再一朵……

文章的可取之处，在于语言。语言的可取之处，在于想象。一首曲子，好不好听，在于音符。想象是语言的音符。

比如我去看花。春天是群花赶集的日子。我看到玉兰花，我想到了小白鸽和小紫鸽。它们的花朵，实在像。我看到桃花，我想到了迷人的新娘子。《诗经》里云：桃之夭夭，灼灼其华。真是没有什么花比桃花，更适合比作新娘子的了。后来，我坐在草地里，我听到草地的心跳。那些心跳，有花的，有草的，有虫子的，也有我的……这一连串的想象，让一个春日的午后，变得多么生动有情。到我写它们的时候，它们都会跑到我的跟前来，争先恐后向我问好。我不是在写一个个事物，而是在写一群活的生命，朝气蓬勃，欣欣然然。

我曾读到过两句诗，不能忘：

每一汪水塘里，都有海洋的气息，
每一颗石子，都有沙漠的影子……

那么，就让我们从一汪水塘开始，嗅到海洋的气息；从一颗石子开始，寻找到沙漠的影子。如果能够这样，你想象的大门，也就会慢慢打开了。

链接文章

落花

  花朵掉落的声音，有时也会吓我一跳。像茶花，整朵掉，"啪"的一下，跌落在地板上，一副大义凛然的样子。我很替它疼得慌。我在它的身下，垫上一块软垫子，好使它再掉落的时候，会摔得轻一点。

  水仙花的掉落，是微风吹过的声音，像它本身，非常的文静。但香魂一缕，却久久不散。掉地上，色泽很快萎了，那尸骨闻着，也还是香的。

  君子兰的花，像蜡烛燃着，燃着燃着，燃到头了。火灭了，魂走了，又干净又简单。我轻轻摘下它残留的"灰烬"，埋到它身下。来年，它又会开花的。

  太阳花落下来，如蚂蚁轻轻叮了一下。它是开到实在开不动了，皱缩成一个小虫子，才肯落的。拿它的落花，在纸上随便涂抹，黄便是黄，红便是红，粉便是粉，上好的天然的颜料。纸上很快又有一番花开，十分意象，美妙得很。

  我走过几棵梨树下，梨花簪了一头一身了。风吹，有梨花轻轻飘落下来，一朵刚好落到我的肩上。我摘下肩上花，放掌上细细端详。它真美，美得无瑕，即便是掉落了，也本色未改。丘处机写它，曾不吝赞赏："白锦无纹香烂漫，玉树琼葩堆雪。"它果真的如"白锦"，如"琼葩"。

  一年蓬和婆婆纳是怎么落的？只有风知道。它们在风里开花，在风里一点一点飘落，都是悄无声息的。蒲公英呢，就从来没有死亡。它开过花后，又再度"开花"，那白色的绒球球，哪里是果，分明又是一场盛开！然后，它撑起它的小伞，跟着风，开始它愉快的旅程。它什么时候回家呢？我小时坐在田埂上，对它，是充满好奇和羡慕的。

"沙砌落红满，石泉生水芹"，又或是"秋千未拆水平堤，落红成地衣"，这里的"落红"，该指桃花才是。也只有桃花这样的花，才能在地上铺出又一番旖旎。春天里，能和桃花比肩的，梅花算一个，樱花算一个，海棠算一个，这些花的风情，是打娘胎里就带来的。即便死亡，也要华丽丽的。它们的凋落，远比开在枝头，更叫人惊艳。

梅子的话

假如想象消失了，人便不复是人，——这话不是我说的，是俄罗斯的作家康·巴乌斯托夫斯基说的。话虽说得有些绝对了点，但道理却是真的。人是最具想象力的，否则，也不会能够上天入地，千秋万代。一个好的作者，首先具备的，该是有着天马行空的想象力。在他的眼里，一事物不仅仅是一事物，它会由此牵引出多个事物。像一块煤球里，蕴含着巨大的热量。倘若你具备了这一点，那么，OK，你开始写作吧。

第三辑

化有形于无形

真正会写字的人，
落笔是轻而又轻的，
是微风拂过水面，
不动声色，
就能惊起涟漪无数。

来点"豆瓣酱"吧

和朋友在饭店吃饭,面对大厨做出的一道道精美菜肴,我赞叹不已,举箸频频。朋友却突然停箸,无比怀念起她母亲做的肉丸子和红烧鱼,还有炒鸡蛋,她对着虚空,双眼痴迷,说,那才叫人间美味呢。

这之后,我不断听到朋友提及她母亲,每每总与好吃的菜肴联系在一起。朋友也算走南闯北吃尽天下美食的人,但她认为,从来没有哪道菜,能超出她母亲做的味道去。

听的次数多了,我不免心生向往,恨不得一脚奔了去,尝尝她母亲做的人间美味。终于有一天,我得到机会,和朋友一起去乡下,拜望她的母亲。

老人家七十多岁了,瘦削干练,鹤发红颜。见到我们,欢喜无比,匆匆招呼了一下,就一头钻进厨房里。很快,厨房里腾起一阵阵香雾,炸肉丸子端出来了。红烧鱼端出来了。炒鸡蛋端出来了。——这都是朋友念叨已久的家常菜。

品尝,再品尝,味道的确鲜美异常,唇齿留香。这几道菜平常我也常做,但就是没有老人家做的香和鲜嫩。我虚心地向老人家讨教,问她,这些菜到底是怎么做的呢?怎么这么好吃。老人家起初只是笑,后来实在架不住我的问,这才告诉我,里面放了她特制的豆瓣酱。

豆瓣酱装在一个透明的罐子里,色泽红润,油光闪亮,厚重黏稠,单单看它的样子，我就忍不住想挖一口吃。老人家说，每年春末夏初，风和日丽之时，她就着手开始做豆瓣酱。她挑选上好的新鲜蚕豆和黄豆，煮熟，发酵，再配了白酒、盐、味精、红椒、葱和姜汁，经烈日暴晒半个月后，酱成型，收藏待用。她在炸肉丸子时搁一点在里面。她在做红烧鱼时，搁一点在里面。她在做炒鸡蛋时，搁一点在里面。普通的菜，立即变得厚重醇香，滋味绵长。

——秘密原来在这里。食材还是那个食材，加了一点点豆瓣酱，味道全然不一样了。

这让我想起写文章来，事件还是那个事件，没有出奇之处，但如果我们也在里面加点"豆瓣酱"，它又会变得怎么样呢？

在下文的《看荷》中，我就加了这样的"豆瓣酱"，一是引用了画家张大千说的话：

赏荷、画荷，一辈子都不会厌倦！

一是引用了诗人杨万里的诗句：

却是池荷跳雨，散了真珠还聚。聚作水银窝，泻清波。

这样的"添加"，使整篇《看荷》有了厚重度，看上去更具内涵，加深了读者对荷的印象，也使得看荷，成了一件赏心悦目事，增加了文章的可读性和趣味性。它使得一场寻常的看荷，有了特别动人处。

写到这里，我想，你应该明白了，写文章如同做菜肴，除了要有一定的食材外，还要准备一些稍稍特别点的佐料，比如，"豆瓣酱"。我们平常的广泛阅读，一点一滴的积累，其实就相当于一个酿造"豆瓣酱"的过程。当你积累得多了，你酿造的"豆瓣酱"才会鲜美无比。到你下笔之时，适当地放上一点这样的"豆瓣酱",你的文章,会一扫往日的平淡,而变得有滋有味起来。

写文章有诀窍吗?如果有,我以为,其中之一,那就是,哎,来点"豆瓣酱"吧。

链接文章

看荷

一到夏天,我就急不可耐吵那人,看荷去,看荷去。公园里,原先有的,一方小水域里,植了百十株。每逢夏至,那片池,成了荷的天下,碧绿的叶,红粉的花,舞尽风情。

后来,荷却不见了,连一片叶子也瞧不见了。原先长荷的地方,泊着孩子们玩的小汽艇。盛夏里走过那里,一池的水在寂静。我以为,它们在怀念荷。

去别处看吧。听人说,某单位有。大院子中央,水泥浇铸的小池子里,栽了十来株,花开也亭亭。寻去,极负责任的门卫阻拦,看着我问:"干什么呢?"我语急,慌不择词:"找人。""找谁?"他不依不饶。

答不出,只好实话实说:"我想进去看荷。""看荷?"门卫狐疑地打量我,他肯定从没遇到过,以这样的理由,堂而皇之想进他们单位的。他没有放行。

我从铁栅栏外,遥瞥见一抹红,那是荷。我心里念着,荷,我来看过你了。想起画家张大千的话来:"赏荷、画荷,一辈子都不会厌倦!"荷担当得起这样的喜欢。

那人找得空闲，驱车带我去邻近的兴化市，我终得以与荷重逢。公路两侧，乡野广阔，小小的水塘，大大的水塘，里面散落荷无数。雨后清凉，花打落不少，却有圆圆的叶，很随意地铺在水面上。每片叶上，都汪着一捧的晶莹，像一颗大大的心。诗人杨万里形容得好："却是池荷跳雨，散了真珠还聚。聚作水银窝，泻清波。"果真的泻清波啊！

附近劳作的农人，伸手遥指远处一丛芦苇，笑着告诉我们："那后面还有更多的藕呢，藕花开得更多。"他不说荷，他说藕，这等叫法，有骨子里的亲近。他才是真正亲荷的人。

农人慷慨地要借了小船给我们，让我们划过去看。我们谢绝了他的好意。还是不打扰荷的清静吧，就这样站在水塘边，看着也好。天空高远，大地澄清，荷们独自舞蹈。花多以白色为主，凝脂一般的。间或有一点两点的红，俏立在青绿细高的茎上，红唇微启。最有看头的，还数那些圆润的荷叶，它们是水面上盛开的绿的花朵。

问农人："每年都长吗？"农人答："每年都长呢，我们这里水多，盛产藕。"听了，由衷高兴，这是荷的幸运，也是农人的幸运。如此，年年相会。

想起我在念中学的时候，有女同学家在小镇附近，家里种了成亩成亩的荷。她是这样相邀的，去我家吃藕啊。花开时节，站她家田埂旁，张眼望去，满田碧绿的底子上，跳出一朵一朵的雪白和粉红，美得惊天动地。她不在意，她的父母不在意，他们采藕，清炒了吃，煨了汤吃，包了饼子吃。甚至，生吃。清水里洗一下，拿刀刮刮，一口咬下去，脆香。那里面附着荷花的魂呢。

好多年了，那个女生的姓名，我早已忘了。可是她的样子，却清晰地记得：胖胖的，有着藕段一样雪白的肌肤。她的身后，荷花遍地。

梅子的话

古语云：熟读唐诗三百首，不会作诗也会吟，说的是阅读的重要。

我极爱阅读，每日里，若不读上两三行字，我定会感到失落无比。

我阅读的范围极广，古典文学读，闲笔趣事也读。有时，甚至会捧上一本地理杂志，看得津津有味。这样广泛阅读的好处是，视野开阔，思维敏捷。这对于搞写作的人来说，是大有裨益的。

白布上绣红花

我们出外旅游，是直奔着主题去的——某地某景，目标明确。

之前，那景，早已深入我们内心。知道它的途径不外乎两个：

一、从别人嘴里听来的；

二、从报刊电视上的宣传看来的。

它诱惑着我们的心，想着某天一定要实地深入一下，饱饱我们的眼福。

真的到了那里，欢喜兴奋，那是不必说的。这里那里，都是好风景哪。我们忙忙地掏出相机，贪婪拍摄。是恨不得把眼中所见到的好山好水，全都装进我们的相机里带走的。我们站在一座山前，一树花前，一湖水前，一幢精美的建筑前，摆出各种造型，笑得阳光点点，满目生辉。寻常面貌，在那好山好水的衬托下，竟有着与往常不一样的清丽华贵，婉约生动。我们哪里肯错过这样的好机会，总要拍到尽兴才归。

以后的日子，会时不时拿出这些照片翻翻。想一想一个寻常的自己，也有过那样的鲜美时光，也有过那样的神采飞扬，嘴角会不知不觉，溢满笑，美好与幸福，一点一点，漫过心田。——这其实，全依赖那些好山好水的映衬，它们让一个寻常的生命，光彩照人起来。

写作亦如是。好的文章，少不了背景衬托。无论叙事，还是叙物，有了一定的背景作底子，文章中的事与物才有了灵与肉，才会变得骨骼丰满，锦绣无限。我在下文的《麦浪滚滚》中，就安插入了不少的小背景。比如：

> 小河横亘。有人家在河边居住，三间老平房，屋门落锁。一只狗蹲在家门口，很尽职地守着家。

这是我们记忆里的村庄，有河，有小屋和狗，却是寂寥的：屋门落锁。说明村庄的人，越来越少，村庄就像繁华过一季的一树花，开始凋落了。

再比如：

> 桥下水浅，已看不出水的颜色，全被浮萍遮住。河边有几棵树，歪着长，很有些年纪的样子，倒是蓬勃出一汪生命的绿。树下杂草丛生。杂草丛中，一簇的胡萝卜花，开得恣意，上面蜂蝶忙碌。
> …………
> 太阳打在一片麦子上，闪烁着金色的光芒。一阵风来，麦浪推着麦浪，向着不远处的田边去了。不远处，村人们的房子，像积木搭成的城堡，安静在五月的天空下。天上飘动着一朵朵白，一朵朵蓝，像从前。

村庄的安宁与孤独，村庄的蓬勃与荒凉，跃然纸上，越发衬托出"麦浪滚滚"的热闹与寂寞，引起读者强烈共鸣——是啊，我们记忆中的村庄在萎缩，在消失。

要使你的叙事不是苍白的、孤零零的，而是饱满的、丰韵的、色彩鲜明的，你就必须选择恰当的背景来安放它们，让读者能从背景中感受到你文字所传递出的情感，或喜或悲，或奔放或安静，或明媚或忧伤。即便有时你的题材很寻常，然在好的背景衬托下，也会显得楚楚动人，就像在白布上绣红花。

麦浪滚滚

五月布谷鸟叫，布谷布谷——像短笛吹奏，清脆的一两声，绕着城市上空，一路向着城外去了。

这"笛声"牵人，人的脑子里立即现出一幅欢乐丰收图来：一望无际的农田里，麦浪滚滚，像滚着一堆又一堆的碎金子。阳光锡箔儿似的，在麦浪上跳。

乡下孩子，从小就亲近这样的图画。每闻布谷鸟叫，田里的麦子们，仿佛在一夜之间，全都被镶上了金，乡下村姑成皇贵妃了，华丽且雍容。农人们忙得脚不沾地，麦子要收割了，棉花要播种了。收割前夕，孩子们便有了一大任务，在麦田边看护麦子，追逐来偷食的雀。这任务孩子们乐意，持了长长的竹竿，很神气地在麦田边奔跑。风吹，麦浪翻滚，一波一波，像黄绸缎铺开来，淹没了小小的人，觉得自己也成一株金色的麦穗了。那景象，镌刻在记忆里，再难忘去。

我们去寻从前的麦浪。一行人，跟着布谷鸟，一路向着城外去。走过一个村庄，再一个，却难见到成片的麦浪了，有的只是零星的。村庄不长麦子了，麦子忙人，村庄的人，却越来越少。村庄只好长别的植物，或干脆长草。

好不容易逮着一个村子，眼睛里跳出一整片的麦地来，大家几乎要欢呼了，立即冲下车去。

小河横亘。有人家在河边居住，三间老平房，屋门落锁。一只狗蹲在家门口，很尽职地守着家。看到我们这群陌生人，狗兴奋地大呼小叫起来，寂静的村庄，一下子有了喧闹的感觉。

我们站在小河的石桥上，打眼四下望。桥下水浅，已看不出水的颜色，全被浮萍遮住。河边有几棵树，歪着脖子长，很有些年纪的样子，倒是蓬勃出一汪生命的绿。树下杂草丛生。杂草丛中，一簇的胡萝卜花，开得恣意，上面蜂蝶忙碌。这是记忆里的村庄，熟悉，又陌生着。

有妇人经过，好奇问，做什么呢？

我们答，来看麦子的呢。

哦，今年的麦子不好，她说。脸上的表情，也无风雨也无晴。

我们心里倒是一怔，赶忙跑下桥去看麦子。几块麦地里，麦子倒伏许多，像遭了劫。突然联想到前几日刮的那场大风，横扫天地的架势。麦子们如何能承载？

一老农跟过来，看我们倚着麦地作背景拍照。他慷慨地拔一把麦穗，让我们拿在手上，做拍照的道具用。他说，今年的麦粒也不饱呢。我们低头看，的确是，麦穗轻轻。有点忧心，村庄若是都不长麦子了，城里的面包从哪里来？

太阳打在一片麦子上，闪烁着金色的光芒。一阵风来，麦浪推着麦浪，向着不远处的田边去了。不远处，村人们的房子，像积木搭成的城堡，安静在五月的天空下。天上飘动着一朵朵白，一朵朵蓝，像从前。身旁的老农，弯腰把那把麦穗捡了，拿回去喂鸡。

我们回头，经过小桥。河边人家的那只狗，不再吠了。它蹲在家门口，眼光越过河边的杂草丛，安静且温柔地，望着我们一步步走近。——狗也是寂寞的，大概已把我们当作熟人了，眼睛里有了挽留的意思。

梅子的话

　　我们村庄仍在，树在，河在，庄稼在，天空在，但却显出苍老与衰败来。我早就想用文字来表达这个主题了。

　　那日，恰巧和几个女作家一起，到乡下采风，刚好是田野里五月麦子黄了时。我们遇见那个村庄，它是安静的，又是寥落的；是蓬勃的，又是荒凉的；是热闹的，又是单调的……竟一下子说不清了，它撞疼了我的心。从那里，我找到我文字的使命感，我让它们忠实地站在已有的背景下，勾画出了我眼中的村庄。

给你的文章安上"眼睛"

写这篇创作谈的时候,我想到一个成语:画龙点睛。

请允许我先讲一讲这个老掉牙的故事:

从前,有个青年很擅长画画,他画出来的画,就跟活的一样。一天,他去一寺庙游玩,见到寺庙一堵光光的白墙,一时兴起,提笔在上面作起画来。墙上很快出现了四条神态各异的白龙,摇头摆尾的,仿佛真的会动,只是这四条白龙都没有眼睛。围观的人问青年:"你为什么不给龙画上眼睛呢?"青年自得地回道:"我若画上眼睛,它们定要飞走。"哦,这真是耸人听闻呢。众人大笑,以为他荒诞,看着他说:"吹牛的吧?有本事你画了试试看呀。"青年不再说话,提起笔,运足气力,刷刷刷,给两条白龙点上眼睛。瞬间,只见天上乌云翻滚,伴以电闪雷鸣,两条矫龙破墙而出,腾空而去。众人大惊,四下里躲藏。待天消云散,一切恢复平静后,众人出来,往墙上看去,那里只剩下未曾点上眼睛的两条白龙。

这个传说意在褒扬青年的神来之笔——那"一点"之功效。这"一点"化作眼睛,说到底,还是眼睛的神奇。龙点上眼睛,就能腾空飞走。我们写的文章若安上"眼睛"呢,是不是也可以凌波起舞神采飞扬?

是的，当你给你的文章安上"眼睛"，即便一篇再普通不过的文字，也会立时变得生动起来活泼起来。如果这双"眼睛"足够深邃足够灵动，你的文章就会变得楚楚动人，隽永深刻，让人回味无穷。这就好比远天苍茫中，突然跃出的一点红，或是一抹绿，那样的律动和艳丽，有谁会漠视相忘？又好比落日渐渐没于长河，孤烟直直地浮升在大漠上空，那样的景色，直叫人魂魄为之悸动。

这么一说，你应该知道了，要使一篇文章出彩，我们还得在"文眼"上下功夫，它或许只是一个词，一句比喻，一段感触。如我在《人面桃花相映红》中写道的：

桃花勾人魂。它总是一朵一朵，静悄悄地，慢条斯理地开、内敛，含蓄。

这是"文眼"。它只眨了一眨，桃花的风情就出来了，文章的风情，自然跟着出来了。

再比如：

还是感谢那些相遇，在我生命的底色上，抹上一抹粉红。柔软，甜美。青春回头，不觉空。

这亦是"文眼"。它扑闪了一下，整篇文章就不再落于平淡，而显得秀美丰韵，醇厚深沉。

来，试试吧，也给你的文章安上这样的"眼睛"，它会变得活泼生动，可爱迷人。

有美一朵，向晚生香

朋友说，她家小院里的桃花开了。她是当作喜讯告诉我的。"来看看？"她相邀。

自然去。每年的春天，我都是要追着桃花看的。春天的主角，离不了它。所谓桃红柳绿，桃花是放在第一位的。

桃花勾人魂。它总是一朵一朵，静悄悄地，慢条斯理地开，内敛，含蓄。虽不曾浓墨重彩地吸人眼球，却偏叫人难忘。是小家碧玉，真正的优雅与风情，在骨子里。

看桃花，总不由自主地想起一首写桃花的诗："去年今日此门中，人面桃花相映红。人面不知何处去，桃花依旧笑春风。"诗人崔护，在春风里，丢了魂。邂逅的背景，真是旖旎：草长莺飞，桃花烂漫，山间小屋，独门独户。桃花只一树吧？够了。一树的桃花，嫩红水粉，映衬着小屋。天地纯洁。诗人偶路过，先是被一树桃花牵住了脚步，而后被桃花下的人，牵住了心。

姑娘正当年呢。山野人家，素面朝天，却自有水粉的容颜、水粉的心。她从花树下走过，一步一款款。他看得眼睛发直，疑是仙子下凡来。四目相对的刹那，心中突然波澜汹涌，是郎情妾意了。三月的桃花开在眼里，三月的人，刻在心上。从此，再难相忘。翌年之后，他回头来寻，却不见当日那人，只有一树桃花，在春风里，兀自喜笑颜开。

这才真叫人惆怅。现实最让人无法消受的，莫过于如此的物是人非。

年轻时，总有几场这样的相遇吧。那年，离大学校园十来里路的地方，有桃园。春天一到，仿若云霞落下来。一宿舍的女生相约着去看桃花，车未停稳，人已扑向花海，倚着一树一树的桃花，笑得千娇百媚。猛抬头，却看到一人，远远站着，盯着我看。年轻的额头上，落满花瓣的影子。我的血管突然发紧，心跳如鼓，假装追另一树桃花看，笑着跳开去。转角处，却又相遇。他到底拦住了我问："你是哪个学校哪个班的？"我低眉笑回："不知道。"三月的桃花迷了眼。

以为会有后续的。回学校后，天天黄昏，跑去校门口的收发室，盼着有那人的信来，思绪千转万回。等到桃花落尽，那人也没有来。来年再去看桃花，陡然生出难过的感觉。

还是那样的年纪，去亲戚家度假。傍晚时分，在一条河边徜徉。河边多树、多草、多野花，夕照的金粉，洒了一地。隔河，也有一青年，在那里徜徉。手上有时握一本书，有时持一钓竿，却没看见他垂钓。

一日，隔了岸，他冲我招手："嗨。"我也冲他招手："嗨。"仅仅这样。

后来，我回了老家。再去亲戚家，河还在，多树，多草，多野花，夕照的金粉，洒了一地。却不见了那个青年。

还是感谢那些相遇，在我生命的底色上，抹上一朵粉红，于向晚的风里，微微生香。青春回头，不觉空。

真想，在桃花底下，再邂逅一个人，再恋爱一回。朋友说："你这样想，说明你已经老了。"

"是吗？"笑。岁月原是经不起想的，想着想着，也真的老了。年轻时的事，变成花间一壶酒，温一温唇，湿一湿心，这人生，也就过来了。

梅子的话

每年三四月,我都要追着春风去看桃花。如果哪个春天不看桃花,我就觉得这个春天是白过了,是辜负了。我一树一树地看,一朵一朵地看,看得心里缤纷,满眼的花儿都似在扑闪着长睫毛。桃花是春天的眼睛——我觉得是这样,妩媚的,又是水灵灵的。它们到了我的笔下,自然就秀美天成,灵动十足。春天的眼睛还有梨花、杏花、菜花、麦苗、垂柳等等。这么一想,真是美啊,走在春天里,就是走在无数的眼睛里。

化有形于无形

常有些初学写作的朋友，把他们的得意之作发我，请我评析。那些文章无一不竭尽身心全力，拣着最华丽的词语用，抒着最浓烈的情。像浓妆艳抹的一个人，她的本来面目已看不清了，你眼中所见到的，就是一堆化妆品的堆积。乍一见，美啊，华丽啊，斑斓啊！——可美得那么假！

大凡练过字的人，可能都有这样的体会，初学写字时，特用力，每一笔下去，都是重之又重的，重重地描，重重地画，力透纸笔。那样的字，远看着，似乎像模像样，然经不起近瞅，因为力量太过了，显得僵硬，毫无表情。也只有等练到一定功夫了，始才明白，真正会写字的人，落笔是轻而又轻的，是微风拂过水面，不动声色，就能惊起涟漪无数。处处暗藏了笔锋，却又让你看不出他落笔的痕迹，他早已化有形于无形中了。

写文章是同样道理。不是非得用尽全力不可，恨不得把一颗心剖开来，向世人宣布：我爱啊，我爱啊！唉，这样的文章，适合拿着大喇叭去叫唤，看看能不能因为你的喉咙高，而吸引了几个无所事事的人来看。

拼命地抒情，拼命地剖明心迹，又好用排比句，句子又长得头尾看不见，一排就是一大串，似乎很气势了，很壮阔了，很才华了，可是，你让读者读起来吃劲啊，读了半天，光看你在那里一个劲儿地感叹和深刻，他还处在云里雾里啊。这样的文章，一看就是"做"出来的，不是"写"出来的，一个字，假!

你也许不服气，你说你是有着真情实感的。好，就算你是真情实感，就算你是想表达那种万分的感慨千分的惆怅，但你的力，用得太猛了，用过头了，反而适当其反，真的也变成假的了。

举个简单例子。你去游览某个风景名胜，看到山川巍峨，你觉得胸中蓄着一股子情和感动，你要吐出来。你恨不得穷尽所有好词好句来赞美它，你啊啊个没完没了，啊，山川多么壮美啊！啊，天空多么蓝啊！你也排比句个没完没了，说它像什么蜿蜒的巨龙，像什么飞舞的白练，像什么巨人在沉思，像什么千年的守护神。好吧好吧，都像。在你，抒发得多么真，没一句假话。可在读者读来，怎么就那么不着边际，假大空呢？因为，读了半天，读者对你见到的山川还是没有个立体印象，你的描写，放到任何山川上去，都成。你说你这是抒的什么情？不能引起他人的共鸣，只你一个人在那里拼命地独演独唱，这样的文章，能称得上是好文章么？

其实，我们完全不必这么用力，完全可以从小处着眼，让语调和文字，都平缓下来。有时，有什么就说什么，好过你的浓墨重彩。因为，它更让人感到亲切和亲近，就像在聊家常一样。就拿你眼里见到的美丽山川来说，你可以从一片叶子开始写，从一朵花开始写，从一个人开始写。你放心，那一片叶子、一朵花、一个人，也能承载起你的赞美。读者会随着你的描写，一步一步走进你设置的情境中去，读到最后，他们会不由自主发出一声感叹，啊，那山川真是美啊！如果是这样，那我要恭喜你，你的文章，是非常成功的一篇文章了。

链接文章

最美的时光

新疆归来，已有好几日了，整个人却还是迷迷糊糊的，如坠云端。耳畔回旋着的，是牛羊的叫声。人声物语，都是呢喃。

就没见过那么多的草。

从巴音布鲁克，到那拉提，到喀拉峻，到夏塔，到赛里木湖，一路走过去，全是草啊。那些青青的草。那些绿绿的草。那些头顶着黄的小花紫的小花红的小花、伸着绿胳膊招展着的草，一座座的山峦上全是，一个个的山坡上全是。山谷里也长着。平地上也长着。绿在流淌，花在流淌，绵绵无尽。

还有雪山。

就没见过那么多的雪山。

雪未曾消融，莹莹的白披着，像披着件缀满了银珠儿的银袍子。那么近的距离，它们，就立在我的跟前，我只要一伸手，就可以触摸得到。雪山之上，云朵像巨型的猛兽匍匐着，白而胖的。而这些猛兽看上去，却是温顺的，收了性子的。它们伸着懒腰，打着哈欠，目光慈善又懵懂，似乎那冰雪，是它们最温暖的眠床。而雪山之下，绿草起烟，云雾般腾起，四下里弥漫。也时见冷松和云杉，在半山坡上，在山谷里，笔直地站成一排排，披着一身青绿，护卫一般的，守护着雪山。一年里的四个季节，不可思议地在这里相聚了。有春的烂漫，有夏的青碧，有秋的斑斓，有冬的洁白。

山峦连绵起伏，线条浑圆、柔和。看着它们，我老是要想到侧卧着的女人的剪影。那些绿草缀满的山峦，真的犹如柔情似水的女人，丰满的，又是幸福安康的。

　　哪里需要寻找角度？哪里需要选择地形？随便一处停下来，都能惹起你的惊叫，美啊！太美了！哪一处，都堪称经典。

　　你的眼睛看饱了，看倦了，那就拿耳朵听吧。躺到一块草地上去，听小花们窃窃私语，听小虫子们喁喁吟唱。还有牛羊的叫声，哞哞哞，咩咩咩。一丛草，被马儿的蹄子踩弯了腰，哈萨克六七岁的小童，骑在马背上，一路呼啸而去。等马儿走远了，草们又挺直了腰。似乎是被调皮的小孩子捉弄了一下，它们有些哭笑不得地扑扑身上的泥，望着远去的马和小孩，并不恼，神情里纵容得很。

　　如果你还走得动，建议你最好不要停下脚步。你走起来吧，一直地走。不定要上哪儿去，你就迎着雪山走吧。或者，择一处青草茂密处。就那么，走向青草更深处，走向野花更深处，在海拔高达两千多米的草甸上。喧嚣的尘世，纷扰的人事物事，那都是前世的事了。你只觉得你的洁净，洁净得就像草原上的一棵草，一朵小野花，还有那屹立不语的雪山。

　　也时而遇见放牧的牧民，赶着一大群羊。你原以为羊只有白色的，在这里，你长见识了，你见到黑色的羊，黄色的羊，还有白黄杂染的羊。它们的毛发卷卷的，大尾巴卷卷的，眼神天真，真是好看。那些牧民有哈萨克族的，有蒙古族的，他们住毡房和蒙古包。他们说着你听不懂的话。但不要紧啊，天下的笑容都是一样的，里面住着良善。你若遇见，对望着笑一笑，心底里会有温暖浮起。

　　同行中有父女两个，女儿刚刚小学毕业，文静内向，言语不多。往常在家，父亲忙于工作，与女儿交流极少，女儿对他很生疏。这十多天里，他们形影不离地在一起，在能步行的时候，绝不去骑马或坐车，而是选择步行。他们一路走着，翻山越岭，看山，看草，看花，看牛羊。渐渐地，女儿对他，十分依恋起来，有着说不完的话。他感慨万千，他说，这次出行，真是值了。说着说着，眼中竟泛起欢喜的泪花。

我相信，这段时光，一定是他们一生中最美的时光。

梅子的话

有些写作者，常沾沾自喜于他思想的深刻，一写就是一长溜排比句，那句子又冗长得厉害，里面的词语深奥得吓人。又喜抒情，没个"啊"字简直开不了口。那样的文章，我是真的读不进去。我觉得他的做作，不自然。

好文章是从心底里流淌出来的泉水，清澈着的，而不是用颜料调出来的混浊。写文章还是少用点力的好，在自然朴实的底子上，轻轻描上两笔就可以了。

剪落的苹果花

春天，我去徐州丰县，是冲着那里的万亩梨花去的。但等我到达时，梨花的花期已过，一朵也没有了。不过，却很意外地，相遇到一树一树的苹果花。丰县，原也是苹果盛产地，盛产一种叫大沙河的苹果，苹果园众多。

我窃喜，是捡到宝贝的喜。

苹果开花，一点也不逊于梨花的。小巧的花朵，纯白，镶着粉色的边。是一张秀气的小姑娘的脸，巧笑嫣然。千万朵苹果花，就是千万张含羞的脸，让人怎不迷醉！

赏的人却不多。众人和我犯着同一个通病：先入为主。古往今来大量的诗词里，有盛赞桃花、梨花、杏花的，却少有赞美苹果花的。我们在脑海中，便形成了这样的印象，以为只有桃花、梨花、杏花可赏得，每年一到花季，劳师动众地追着去看，却没有耐心，稍稍再等一等，等着苹果们开花。

我穿行于一树一树的苹果花下，正独自陶醉，不知天上人间。突然瞥见当地两个果农，他们登高爬低的，居然在剪苹果花。耳听那"咔嚓""咔嚓"之声不断，一朵一朵秀气的小白花，就在他们的剪刀下，香魂委地。我是又讶异又心疼，忙忙地上前询问："它们开得这么好，干吗要剪掉？"

两个果农掉头看见我，笑了："这树上的花开得太多了，不剪掉一些，将来结出的果子会很小的，也不甜。"

原来如此。我不死心，问："是不是每棵树上，都要剪掉一些？可是，它们开得这么好！"

他们又是一笑，答："是的，每棵树都要剪掉一些。开得再好，也要剪掉。"

我弯腰，捡起几朵他们剪落的苹果花，小小的白，粉色镶着边，堪称完美。我把它们放在口袋里，心里还是觉得可惜了，却又是没有办法的。这世上，万物相通，有舍才有得，——又大又红的苹果，原是这么来的。

这对我们的写作，是不是有所启发？我们有时会很得意，自以为写出了满纸的锦绣文字来，如同一棵开满了苹果花的树，花朵与花朵，密密匝匝地挤着、挨着，美则美矣，结出的果实，却是又小又酸的。

我们该向两位果农学习，要下得了狠心，剪掉一些多余的"苹果花"，删繁就简。一些优美的词汇、优美的句子，甚至优美的段落，它们的存在，对于整篇文章来说，若是可有可无，我们就要毫不迟疑、毫不手软地，剪掉它。只有这样，我们才能收获到又大又红的"苹果"，使我们作品，结构既紧凑又严谨，成为富有营养的，经久耐读的。

下面我链接的文章《一枝疏影待人来》中，起先原有这么两段：

在路边，偶遇一树寒梅，折一枝回来，插于书房中，我便养着一书房的香了。

其实，早在这之前，我曾特地去寻过寒梅。每年，风刚带着清寒，它就开始打花苞苞了，然后一朵一朵，慢慢地开，跟蜡染着似的。让你今天赏了，明天还有得赏，赏不完地赏着，有绵延不绝的意思。还有蜜糖似的香，撒不尽地撒着。

这两段后来被我整个地删了，是因为，放着，实在累赘。你看，删过后的文章读起来，是不是更有一气呵成之感？

第三辑 化有形于无形　　113

一枝疏影待人来

一枝疏影待人来，是写梅的。寒梅。

寒冬的天，下过一场雪了吧？应该是。

雪映梅花。梅花照雪。彼此相望，都是直往心里去了的。

视觉与味觉在纠缠。白，再也白不过雪。香，再也香不过寒梅。

雪没有什么人要等。

它是无拘无束自由身，想飘到哪里，就飘到哪里。想在哪里落脚，就在哪里落脚。它有本事在一夕之间，让整个世界彻底变了模样，银装素裹，别无杂色，只剩它一统天下。——雪是很有能耐闹腾的。

寒梅却静，天性使然。说它是谦谦君子，又不太像，它讷于言，也不敏于行。

作为一棵树，寒梅是早已认命了的罢。被人栽在哪里，哪里就是它的一生之所，它再也挪动不了一步。——除非它是南美洲的卷柏。

卷柏是会追着水走的。当卷柏在一个地方呆得不耐烦了，觉得土壤再不能给它提供好吃好喝的了，它会拔脚就走。让身体蜷缩成一个圆球，滚呀滚呀，直到滚到它满意的地方为止。卷柏有点泼皮无赖的样子，你待它再好，它也能一刀斩断情缘，不留恋，不叹息，连稍许的回头，也没有的。

寒梅做不到。寒梅传统得近乎固执，它独守着它的家园，直到老死，直到化成灰，也不会更改一点点。

寒梅心里能做的梦，也只是，在最好的年华，等着你来与它相遇。

它只能等。它的生，就是为了等。

百花肃杀之后，它登场。这是寒梅的小聪慧。要不然又能怎样呢？百花之中，它算不得出色的。貌相实在平淡，牡丹、芍药、荷花和秋菊，哪个都比它张扬。即便是香到骨子里了，也还有桂花呢。还有茉莉呢。还有栀子呢。

天寒地冻里，百花让位，它才是独香一枝，貌压群芳。

这该积蓄多大的勇气啊！为了博你流连，它拼上它的全部了。你惊讶于它的顽强，用冰清玉洁等词来赞美它，你却看不到，它的心也冷成一团的呀。寒气刀子似的，割着它的每一丝肌肤，它竭力装着若无其事，端出一脸的好模样，笑着。开呀，开呀，把心也全给打开来。

且香，且媚。且媚，且香。一生的好年华，原也经不起等的，风一吹，就要谢了呀。

心里真急，亲爱的，你来，你快来呀，你怎么还不来！

世界那么寥廓。花香那么寂静。是深宫女子，待宠幸。

有人说，凡尘里最大的不幸，是相遇之后被辜负。寒梅却说，不，不，是没有相遇，就被遗忘。连梦，也做不得。连回忆，也没有一点点。这才叫残忍。

淡的月光，给它描上象牙白的影。它是二八俏佳人。它等，它等呀等，等你来。有时会等到。有时等不到。生命原本就是一场寂然，这也是没办法的事。

然，可不可以这样理解，它在等你的时候，你其实早已在寻它。溯游从之，宛在水中央。——你不过走慢了那么一小步，它在它的生命里，已完成了最美的绽放。你眼睁睁错过了，是怎生的后悔莫及，你不想辜负的呀，不想，不想呀。

就像小时，你盼娶新娘，有热闹可看，有喜糖可吃。是那样的喜洋洋，世上的好，仿佛都聚在那一时、那一刻了。偏着你们那里的风俗，娶新娘都在夜里进行。你等了又等，最后实在困得不行，你上床了。临睡前，再三跟大人说，到时记得叫醒我啊。

　　一觉醒来，天已大亮，人家的热闹早过，门前一地的鞭炮红屑屑。新娘子的红盖头早掀过了，新娘子亦已换上家常的衣裳，客走人散。你跺脚大哭，哭得委屈死了。他们不等你，他们竟然自己就热闹过了。你为此遗憾伤心了好些年。

梅子的话

　　我是很偶然的，遇到那两个剪苹果花的果农。在那之前，我一直以为，果树上开的花是越多越好的，那代表会结出多多的果子啊。我从不知道，果树上花多并不是好事，有些是多余的，尽管，它们也是那么美好。

　　由此，我联想到写作，不是好文字多多地堆放在一起，就能成为好文章的。有时，我们得像剪掉苹果花一样，把多余的一些剪掉。唯有这样，文章才会变得又轻盈又好看。

返璞归真

《语文周报》的真真小编，来约我的稿。她要我以"校园"为背景写篇文章，并在文后附上一二百字的创作谈，谈谈如何使这篇文章的语言，变得熠熠生辉的。

——这倒让我很有些话要说。我最初的写，像现在绝大多数初学写作的人一样，喜欢的是华丽的辞藻、优美的句子。用词用句，无不极尽旖旎。以为只有这样，语言才会生动，文章才会好看。

事实上，一堆美丽词汇的堆积，反倒使语言变得空洞和矫情，使整篇文章呈现出一派花里胡哨的模样。像一张本来清洁素朴的脸，又秀气又平和，原本就很好了，偏偏被浓墨重彩给涂染得失了本真，让人辨认不出它本来的面目。——这倒也罢了，偏偏有时表现出的，又是极吓人的样子，——过于鲜红的唇，过于浓重的眼影，于普通大众，都是极不适宜的。

有个成语叫返璞归真。我觉得应用到写作方面，也是很贴切的。以我个人的写作经验，我觉得，质朴的文字比华丽的文字更具生命色彩。"脚踏实地"和"飘浮于虚空中"相比，前者显得更稳妥。我的写作经历了一个撇去浮华、回到本真的过程，洗去一层一层的油彩，方见文字的真实。

不少人喜欢看汪曾祺的文章。汪老的文字，初看，看不出奇妙来，只如白开水一般。可却越喝越有滋味，越喝越上瘾。他的文字，少见花架子，少见绮丽，有的，都是平和。故土中的一草一木，一人一事，落到他的笔下，都如水墨画一般的，透着生命本应有的纹理和质地，素朴得叫人不忍错过。

我想，语言历练到这种功夫，必然会散发出语言的光芒来——如钻石般的，根本无须再多的外包装，它的灿烂，是你想裹也裹不住的。

那么，怎样才能做到返璞归真呢？

我的回答是，让你的笔，忠实于你的内心，忠实于存在的事实。然后，用你的真诚，一笔一笔，描下它，构建起整篇文章的骨骼。再注入你的真情实意，成其血肉。不用过多渲染，顺理成章，顺其自然，点到为止，即可。让人如含橄榄，越嚼越有味。这个时候，你的语言，已端坐在那儿，闪闪发着光了。

下文我的《青春是一场花开》中，少见华丽的词或句子，多的是平实的描述。有些青春是忧伤的、疼痛的，但最终，我们都会与岁月握手言欢。

链接文章

青春是一场花开

十六七岁的年纪，是迫不及待要远走高飞的。像一朵花苞苞，就要开了，就要开了，却总也不见开。光阴是缓慢的，缓慢得像教学楼后矮冬青树下，一只慢爬的蜗牛。早上走过时，看它在爬。中午去看，它还在爬，总也爬不到树枝上去。

我时常望着教室的窗外，发呆，天上飘着淡的蓝，或淡的白。风吹得若有似无。我希望着人生这惨淡的一页，能速速翻过去。是的，惨淡。那个时候，我进城念高中，穿着母亲纳的布鞋，背着母亲用格子头巾缝的书包，皮肤黝黑，沉默寡言，跟野地里的芨芨草似的，又卑微又渺小。城里的孩子多么不同，他们住黛瓦粉墙的四合院。他们穿时髦鲜艳的衣，从青石板铺就的小巷子里，呼啸而出。他们漂亮白净，神采飞扬，不识四时农作物，叫我们乡下来的孩子：泥腿子。

我的神经时时绷着，敏感着，怕被伤了，偏偏时时被伤着。他们一个不屑的眼神，一句轻视的话语，都足以让我手脚冰凉。我变得越发的沉默，低着头走路，低着头做事，恨不得能把头埋到泥地里去。

也总是要上他的课。彼时，他四五十岁，挺拔壮实。肤黑，黑得跟漆刷过似的。据说曾去西藏支教过几年。记得他初来上课时，刚一张口，全班都愣住了，他的声音与他的外表，实在不相称，他的声音尖，且细，跟女人似的。几秒钟后，全班哄堂大笑。城里的孩子尤其笑得厉害，他们拍着桌子，哗啦啦，哗啦啦。他在前面怒，眼睛逡巡一遍教室，揪出后排一个张嘴在笑的男生，厉声道，你们这些乡下来的，太没教养了！

虽然他不是针对我，但这句话，却刺一样的，扎进我的心里面，再难拔去。再上他的课，我从不抬头听讲，兀自做自己的事。他上了一些课后，也终于发现我的"另类"，在课堂上当众点名批评，说出的话，如同蹦出的石子儿似的，硌得人生疼。我越发的不喜欢他了。

他后来不再过问我，甚至连作业都不批改我的。一次，他在班上闲话考大学的事，大家踊跃说着理想中的职业。有城里同学看我一眼，大笑着说，她将来适合去做厨师。一帮同学附和着笑。我看到他的眼光不经意地掠过我，又越过去，什么话也没说，一任课堂上笑声一片。

是从那一刻起，我在心里发着誓，我一定要考上，给看不起我的人狠狠一击，特别是他。凌晨，我一个人悄悄起床，到教室里点灯读书，如此的日复一日。结果，高考时我考了高分，他任教的一门，我考了年级第一名。

多年后，高中同学聚会，请来当年的老师，其中有他。他早已不复当年的挺拔，身子佝偻，双鬓染霜，苍老得厉害。这让我意外，想来他也不过六十来岁，何以会如此衰老。他在一帮同学的簇拥下，站到我跟前。同学让他猜，老师，她是哪个？他看定我，笑着摇摇头。同学提醒他，老师，她是当年我们班作文写得最好的那个，叫丁立梅啊。他看着我，还是抱歉地摇摇头，眼神天真。

有同学悄悄对我耳语，老师失忆了。我一惊，突然想落泪。多年来，我极少回顾青春，以为那是我人生的一道暗疮。可现在，我却多么愿意走回去，他还在讲台上挺拔着，我们还在讲台下稚嫩着。

青春原是一场花开，欢乐或疼痛，都是岁月的赠予。因为经历了，我们才得以成熟，所以，感谢。我上前挽起他，我说，老师，我们合个影吧。相机上，我的笑容，映着他的笑容，当年的天空，铺排在身后。

梅子的话

有不少人在写作中，容易走入误区，以为要使一篇文章的语言熠熠生辉，就一定要辞藻华丽。其实，真正闪光的语言，反倒是质朴无华的，是水到渠成的自然。像微风拂过，看不见痕迹，却把沁凉注入心底。是小溪流经山涧，绿树红花，倒映其中。只因它是忠实于真实和真诚。

写作有了真诚，那语言也便会如花盛开。

做个高明的"裁缝"

我小时的梦想,是想做裁缝来着。

村子里有裁缝,是个三十多岁的女人,姓刘。她与村子里别的女人不同,她整天不用下地干活,只管待在屋子里,给人裁剪衣裳。面皮儿捂得白白的,像城里人。村人们都很尊敬她,喊她,刘裁缝。

我那时觉得她的神奇。我母亲拿家里一些零碎的布头,给她送去,她拼拼凑凑,竟给我整出一件小衫子。小衫子上还用布条捏了一朵小花,天真活泼地开着。跟城里商店里卖的一样。你根本想象不出,那原先不过是一堆碎布头啊。

村人们都夸刘裁缝的手艺好,有真本事。她的名声渐渐传播开去,好几个村子的人,都绕了远路来找她做衣裳。

她帮我做的那件小衫子,我一直一直地穿,穿到小学快毕业了。对刘裁缝的膜拜,早已化作我的梦想:我长大了,一定要做裁缝,做个像刘裁缝一样的裁缝!

待我真的长大了,我没做成刘裁缝,却做了另类的裁缝,——用文字缝制"衣裳"。

我以为,每个写作者,都是裁缝。你手底下的文字,就是一堆零碎的"布头"。手艺的好坏,决定了你制作出来的"衣裳"的好坏。有的剪裁得

第三辑 化有形于无形

当，缝制精湛，一件"衣裳"，就是一件完美的艺术品，让人爱不释手。有的却显得粗制滥造，针脚歪扭，无人问津。

举个简单例子，比如，在写作中，对古典诗词的运用。高明的"裁缝"会让古典诗词，成为一篇文章的亮点和点缀，自然而然嵌入其中，情景交融，天衣无缝。像小时刘裁缝给我小衫子上配的那一朵花。

可是，若你裁剪不当，弄得花不像花，草不像草的，看上去又拙劣又没有美感，起不到半点点缀作用。其结果只能适得其反，让人读出生硬和造作来，那是极划不来的事。

我在下文《人间第一枝》中，分别引用了杜甫、郑思肖和鱼玄机的诗句。但我的引用，不单纯是引用，而是注入了自己的情感和新意。在写春柳的轻与软时，我很自然地引出了杜甫和郑思肖，前者写柳烟缭绕，后者写柳烟的繁茂。我通过自己的解读，给他们的春柳，描摹出另类的美和趣味来，使我的春柳，变得更加轻盈，又满载着古典的韵味。

鱼玄机的诗句，更是被我作了另一层的解读。古今情感，一脉相承，谁比谁更深刻？

离别已成定局，无法挽留。然可以把我最好的祝福，别在你的襟上，一枝柳，就是我送你的一个春天。请把春天带上吧，从此，一路的草，都将为你而绿。一路的花，都将为你而开。

今人虽不见古时柳，但今柳曾经映古人哪。我这《人间第一枝》，如何叫人不喜欢！

链接文章

人间第一枝

因病，在家蛰居多日，直到满眼春色，扑到窗前，收不住脚了，一脚跌进我的小屋来，我才惊觉，春来了。

是春了。虽是连续的雾霾天，却挡不住生命的涌动——吹进屋内的风，变得轻软暖和。洒在窗台上的阳光，有了翠意。鸟的叫声，明显地多了起来。仔细听，那里面，有燕，还有莺。你也仿佛听到河床破裂的声音。万物萌动的声音。哗哗。噗噗。一个世界坐不住了，该发芽的，发芽了。该开花的，开花了。

那人下班回来，折一枝柳带回。"你看，柳都绿了。"他报喜似的，把它举我跟前。

感谢他，赠我一枝春。俗世里，我们也只是这样一对平凡的夫与妇，一日三餐，家常稳妥。没有海誓山盟，也不见富贵荣华，却能一同分享着春的秘密。

是的，这是春的秘密。早在二月细雨料峭时，春其实已经来了。它笑的影子，轻轻一闪，闪进一丛柳里面。不几日，那光秃秃的柳枝上，率先爬上嫩黄的芽儿，柔嫩细小得你完全可以忽略了。遥看似烟，近看却无，——这才是春的本事。它把自己藏得严实，原是想给这个世界一个惊喜，也只待一夜春风起，便绿它个大江南北。

人间第一枝，当数柳。

我找一洁净的瓶子，把这枝柳插进去，我的书房里，便都摇荡着春的好意了。闭着眼，我也能感觉到，那河边的嫩黄与新绿，该如何堆积成烟。

烟？这真是个好字。是谁最先想出用"烟"来形容春柳的呢？我觉得，再没有一个字，比"烟"更能配春柳的了。这个时候的柳，也轻，也软，不胜风，真的就如丝丝淡烟，袅娜多姿。杜甫有诗云："秦城楼阁烟花里，汉主山河锦绣中。"柳烟缭绕，城楼掩映其中，这春色不用看，单单想想，也诱人得很了。而郑思肖有诗句："遥认孤帆何处去，柳塘烟重不分明。"我觉得更富情趣。这里的柳烟，堆砌出繁茂之势，却不显笨重，有的只是浓酽，不饮也醉。是让站着看的人眼睛先醉了，如何分得清扬帆远去的船只啊，它分明已和眼前的春色融为一体了。

古人好折柳相赠，多为离别。像鱼玄机的："朝朝送别泣花钿，折尽春风杨柳烟。"不知此一别何日相见，只愿君心似柳心，年年青青。这里的春柳，绊惹上人间情思。离别已成定局，无法挽留。然可以把我最好的祝福，别在你的襟上，一枝柳，就是我送你的一个春天。请把春天带上吧，从此，一路的草，都将为你而绿。一路的花，都将为你而开。

佛教里普度众生的观音，一手持净瓶，一手拿柳枝，洒向人间都是爱。我觉得菩萨手里这柳枝的有意思，换成别的任何一种植物，都不恰当。唯这人间第一枝的春柳才与净瓶相配，那是初生的春，新嫩，洁净，纯粹，充满无限希望。

我的乡下，到清明，孩子们有簪菜花和柳的风俗，为的是避邪。孩子们不懂什么避邪不避邪的，他们只晓得，人生的一大乐事里，这也算得上一件。"清明不戴杨柳，死了变黄狗。"这歌谣每个孩子都会唱，他们一边唱着，一边攀柳，编成小帽，戴在头上。他们快乐地迎着风跑，一年的春好处，就在孩子们的头上荡漾着了。

梅子的话

　　我是很鼓励我的学生多读点古典文学的。浩瀚的中华文明里，古典文学是占着一席之地的。能够流传至今的，更是大浪淘沙，是精华中的精华。

　　汲取一定数量的古典文学，一来可以增加自己的阅读厚度。二来可以提升自己的文化品位。读多了，潜移默化中，有一些就转化成自己的"营养"了。清人孙洙不是曾说过这样的话么，熟读唐诗三百首，不会作诗也会吟。对于一个写作者，是很有必要积累点古典文学垫垫底的。

曲径通幽

听作家原野讲过这样一个故事,是他在西藏游历的经历。

拉萨有著名的街市叫八角街。到拉萨的人,必去这个街市逛逛。街市上满是手拿转经筒的人,有当地人,更多的是外地游客。当地人是固守着一种虔诚,外地游客多半是出于好奇和好玩的心理。各家小店里,琳琅满目的,摆的都是些藏族饰品。原野在一家小店内看中一把藏刀,刀的手柄上,雕着奇怪的花纹。他很想买,但路途遥远,又底下的行程安排满满,根本无法携带。

店主是个彪形大汉,看上去极是凶悍。当时他正与三两个当地人说话,笑声大而粗犷。对进店的客人,他作无视状,一任客人们自行挑选货物,或是不挑选。买与不买,他好像并不太在意。

原野实在太喜欢那把藏刀了,最后还是决定买。他想到邮递的办法,但因不熟悉当地邮局所在地,又急着赶路,就把家庭地址写下来,托彪形大汉帮他邮递回去。彪形大汉看了纸条一眼,漫不经心地应一声,你放这里吧。原野放下钱和地址,有些惴惴不安地出了店门。

路上,同行的人都笑原野,你这次上当受骗了,那种人,一看就不是好人,怎么会帮你把刀邮寄回去。

原野听着,暗暗地有些懊恼,但钱已给出,也不好转头去追回,只能自认倒霉，想着，算了，这次就当拿钱买个教训吧。

一行人在八角街上走着走着，迷了路，不知不觉间，又绕到那家小店门口。原野一抬头，与店内的彪形大汉目光相接。彪形大汉大吃一惊，立马从店内飞跑出来，一边跑一边羞赧地冲原野说，对不起啊，对不起啊，我刚才一时没走得开，还没有帮您去邮寄。等会儿，我一定去邮局，您放心啊。

轮到原野大吃一惊了，他没想到这么彪悍的一个人，竟也会羞赧。他为他之前的小人之心深感羞愧，赶紧解释道，不，不，我不是来催促那事的，我们只是迷路了。彪形大汉长舒一口气，笑了，哦，原来是这样啊。他热心地为他们指了路，临了，却不放心，亲自送了他们很远。

几天后，原野的家人告诉原野，收到他寄回的藏刀了。那会儿，他还在旅行途中。

我之所以要翻讲这个故事，是因它真实地打动了我。人物性格的反转，是这个故事最动人的地方。

我们也总是要写一些故事，怎么写才能使我们笔下的故事更动人呢？我以为，过程得有点波折，有点起伏。就像原野遇到的这个彪形大汉，外表凶悍，内心却敏感细腻。民间有俗语，刀子嘴，豆腐心。不少厉害的角色，往往都有颗温柔的心，这样的反差，就是一种起伏。

弯曲的小路，会给人带来无尽的想象。一路之上，等待我们的会是什么呢？"曲径通幽处，禅房花木深"，这样的遇见，真叫人喜出望外。写作，要的就是这份喜出望外。

报答

朋友远去辽北乡下的一所小学支教。

那里的天空，湛蓝湛蓝的，不见一丝杂质。校园的空地上，长满各种菜蔬，有胳膊粗的白萝卜，有碧青肥绿的甜菜，有红得耀眼的红辣椒。石头垒成的院墙上，终日里爬满牵牛花，一朵一朵，率真而热烈地开着。很入景。

入景的不止这些，还有那个叫豆豆的小男孩。

起初，朋友根本没留意那个孩子，他不在她所教的班级。但她知道他，因为同事们经常拿他作笑谈——读小学三年级了，自己的名字还不会写，做作业全是画圈圈。一次课堂上，老师让用"水"这个字组词造句，他造的句子竟然是，水里面有狐狸。惹得全班学生哄堂大笑。

事后大家遇到他，都逗他，豆豆，水里面真有狐狸吗？他大瞪着两眼，认真而又严肃地看着说话的人，回答道，真有，还有大灰狼哦。大家又是哄笑一场，都拿他当弱智。

身世却令人堪怜。三岁上，母亲病故。父亲很快再婚，他有了后妈。后妈不待见他，把他一脚踹给年迈的祖父。祖父体弱多病，无力照顾他，他成了草芥一棵。一帮少年顽劣，常拿他当猴耍，大冬天的，硬是把冰疙瘩塞进他的脖子里。他不恼，还一个劲嘿嘿傻乐。

一天，朋友在校园里看见他。那会儿，他正趴在校园的矮墙上，对着一朵牵牛花唱歌。歌声乱七八糟着，却单纯极了。太阳照着他，他小小的影子，看上去，也像一朵牵牛花。几个孩子，打闹着从他身边跑过去，雀儿般的，欢声喧喧。——这样的热闹，却与他无关。

朋友的心里，生起一丝怜悯。她的手，触摸到口袋里的一块巧克力，那是同事给的。她不爱吃甜，便随手搁口袋里了。她掏出那块巧克力，招手叫豆豆下来。豆豆有些吃惊，从院墙上滑下来，跑到她跟前，仰起脏兮兮的小脸，激动地问，老师，你是叫我吗？

朋友冲他点点头，拉过他黑黑的小手，把那块巧克力，放到他的手掌心。

豆豆显然受了惊吓，他张大嘴巴，看看手掌心里的巧克力，再看看朋友，眸子里，泛起亮晶晶的波。朋友温柔地对他说，给你的，吃吧。他受宠若惊，迫不及待把巧克力塞到嘴里，连包装纸也未剥开。他很响地咽一口唾液，对朋友灿烂地笑，说，好甜啊。朋友只当他好玩，伸手轻轻拍拍他的头，笑笑走开了。

让朋友意想不到的是，打这以后，这个叫豆豆的小男孩天天守在校门口等她。每次看到她走近，他都无比激动，小马驹一样地跑到她跟前，脆脆地唤一声，老师好！而后，飞快地跑开。

朋友起初也没在意，以为那只是碰巧遇到。那天，她因事晚到，这时，学校的课已上到一半，整个校园静悄悄的。却见豆豆独自站在校门口的风里面，踮着脚尖，朝远处张望。冬天风冷，他的小脸蛋，被吹成一个褶皱的红苹果。

朋友疑惑，远远问他，豆豆，你怎么不去上课？守门的老人接话了，说，这娃儿不乖，不让他站这里，他偏要站，说是在等人。豆豆不理守门老人，径直走到朋友跟前，仰起小脸蛋，脆脆地唤了声，老师好！还没等朋友反应过来，他已转身快乐地跑开。

朋友看着他瘦小的身影，突然明白，这孩子原来一直在等她啊。他在用这种方式，来报答她随手给出的一块巧克力的好。

梅子的话

我们的思维，早已形成惯性和定势，好与坏，有个标尺在那儿呢。貌相平和的，都是好人。貌相丑陋的，都是坏人。生活优越的，必是幸福的。生活穷困的，必是痛苦的。如此等等。事实上，未必如此。

我们写故事，就是要能发现这样的反差，曲径通幽，让结局出其不意，给人阅读的震撼和喜悦。

"扣子"的妙用

我有一件粉色小圆点的上衣，一直是我爱穿的。但某天，翻出它来，却发现，无法穿了。因为，不知何时，它竟掉了一枚扣子。虽只是一枚小小的扣子，一件衣，却再也不完整了。除非，我能找到相同的扣子配上。或者，换掉衣上所有的扣子，重挑一组缝上去。

扣子对于一件衣来讲，实在太重要。你费尽辛苦选了上等的料子；你大费脑筋，设计了新颖的款式；在做工方面，你也力求精良。但到最后，倘若你没选好扣子，或选错了扣子，衣服的美感和质感，立即降低了，沦为庸常。而有时，即便是再普通不过的衣，但由于你在扣子上花了心思，它会在瞬间提升品味，让普通变成时尚。

由此，我联想到我们的写作。从初学写作起，我们就被再三强调，要精选题材呀。要学会运用字和词呀。要学会造句呀。要学会划分段落呀。要使主题升华呀，如此等等。却少有被强调，要懂得灵活运用标点符号。

是的，标点符号。那些如同小扣子般的标点符号，我们熟悉它们吗？——逗号、句号、分号、引号、破折号、感叹号、问号、省略号……这一些，是串起我们文章必不可少的一部分。如果说，扣子的妙用，会让一件衣服变得完整和完美。那么，标点符号的妙用，会给一篇文章锦上添花。有时，甚至会让一篇作品，完全变成另外的样子。

杜牧的《清明》，我想大家都是极熟悉的。我们先来看看他的原作：

清明时节雨纷纷，路上行人欲断魂。
借问酒家何处有，牧童遥指杏花村。

这是首七言绝句，意境邈远，心绪凄迷。有人把它的标点符号稍作了一点变动，它立马就变成了一首风格迥异的词，读来，有着另一种韵味：

清明时节雨，纷纷路上行人，欲断魂。
借问酒家何处？有牧童遥指，杏花村。

再动一动其中的标点符号，它又变成了一出短剧：

（清明时节。雨纷纷。路上。）
行人：（欲断魂）借问酒家何处有？
牧童：（遥指）杏花村。

时间、地点、人物、故事情节，竟都齐全了。一阵锣鼓响，大幕拉开，也就全部登场了。

标点符号，原是有着这等的神奇。对于一个高明的裁缝来讲，什么样的质地、款式、色泽的衣服，配什么样的扣子，他都了然于心。同样的，对于一个高明的写作者来说，什么样的句子、词、字，配什么样的标点符号，也应该掌控自如，运用巧妙。

绿

喜欢绿。

没有一种颜色，比绿更广阔更浩荡。

春天，花还没来，绿先远行。人们不远千里追去看草原，其实，是去看绿的。牛羊点缀在绿上。湖泊镶嵌在绿上。蒙古包像白花朵一样的，盛开在绿上。一望无际的绿。波涛翻滚的绿。让一颗奔波的心，只想欢唱，只想纵情一回。

废弃的百年院落，墙上爬满绿。地上的砖缝里渗着绿。屋顶上，绣着绿——那真的像是绣上去的，绒绒的，在黑的瓦片上。

一只猫，跳上院墙，碰翻了一墙的绿。它在墙头上回眸，眼睛里，汪着两潭绿水。看着，竟让人忘了时间，忘了惆怅。

这世上，最是万古不朽的，是绿。

有绿环绕，生的趣味，才源源不断。

是在秦岭，大山腹部，遇见一条绿的溪流。

真真是绿透了呀，像把满山的绿草绿树，都给揉碎了，榨出汁来，倒在里面。

我惊诧得顿住脚步。想捧上那样的一捧绿，在口袋里放放好。不为什么，只想随时摸摸，这生命的质地。

也终于明白，亨利八世的爱情。他偶遇一个着绿衫的姑娘，立即为之神魂颠倒。宫廷华丽，美女如云，却难忘野外的绿袖子。小绿初开，在心里种出温柔来。怎能相忘！怎么相忘！于是，一曲《绿袖子》成了经典。

这是绿的魔力。

去西藏。好山好水地看过去，最难忘的，却是纳木错。

高原之上，它不时地变幻着魔术，逗自己玩。天空是蓝的，它就是蓝的。天空是靛青的，它就是靛青的。天空是灰的，它就是灰的。

那天我去，恰好撞见一个绿的湖，碧绿的。像条绿丝带，飘拂于山峦之中。之前，我因高原反应剧烈，头疼欲裂，寸步难行。然等我看到它的刹那，我的所有不良反应，竟神奇般地消失。我跳下车去，奔向它。那飘向天际的绿丝带，跟山峦浑然一体，跟天空浑然一体，纯净安然。你只觉得灵魂被洗濯一遍，空灵，宁静，无所欲求。

湖旁堆着不少的玛尼堆。有的高得像座小山丘。藏人绕湖一圈，祈福，放下一粒石子。再绕湖一圈，祈福，放下一粒石子。如此循环，无有止境，才形成这样的玛尼堆。而绕湖一圈，需要几十天的时间。这小山丘一样的玛尼堆，该叠加着多少双虔诚的脚印！祈求我的牛羊啊。祈求我的亲人啊。祈求这混沌的尘世啊。祈求我的来生啊。他们信奉着心中的神，欢乐、哀伤、苦难、悲怆，一切的情绪，最终，都化为平静。平静得像一抹绿，湖水一般的绿。

生命本该呈现的，就是这样的平静啊。

在一个叫华阳的山区，看山民们制作神仙豆腐。

说是豆腐，其实与豆一点关系也没有，它完完全全是由绿绿的树叶制作而成。

树的学名叫双翅六道木，山民们却唤它神仙树。过去饥荒年代，人们拿它救命，捣碎，取汁充饥。谁知那汁液竟十分的可口黏稠，绵软似豆腐。人们怀着感恩的心，当它是神仙所赐，叫它神仙豆腐。代代相传，它成了独特的民间小吃。

一对老夫妇做这个已五十多年，靠这个养大四个儿女。如今儿女们都出息了，但老人家还是每天一大清早，走很远的路，攀上山去，采回树叶，做神仙豆腐。他们说，做习惯了，一天不做，心里就空得慌。

我看到他们把烫煮过的绿叶子，扣进木桶里，拿木杵一上一下地杵。绿绿的汁液，很快漫出来，被过滤到另一只桶里，均匀地摊到一块大石板上。石板迅捷披上了一件绸缎般的"绿袍子",那么绿,那么滑。待冷却后,揭下那件"绿袍子",切成手指宽的绿条条,凉拌,吃在嘴里,又滑又软,清香透了。

那一口一口的绿啊!人间美味,叫人感激。

去江南。随便一座古镇,深巷里闲遛,也总能撞见做青团子的。

那是取了青绿的艾蒿,碾碎,和了糯米粉,揉搓而成。

看做青团子,也是极有意思的。眼见着那一团一团的绿,在一双手上盘啊盘啊,就盘成了青团子,乖乖地在蒸笼里躺着,浑身绿得晶莹透亮,像颗绿宝石。蒸笼上冒出的香气,竟也是绿绿的了。

我爱看那些捏着青团子的手,苍老的,或年轻的,无一不浸染着绿。

深巷幽静,我的耳畔仿佛响着一支绿的情歌,咿咿呀呀,从千年的烟雨中,一唱三叹的,穿越而来。

梅子的话

在平常的写作中,标点符号貌似我们都会用,笔稍稍点一点,简单的"逗"一下,或"句"一下,一段话,就分成若干个句子了。但我们却很少去细细考虑,应该在哪里"逗",在哪里"句",更为合适。标点符号会让一个句子变得简短、轻盈、富有韵律,也会使一个句子变得冗长、拖沓、完全地没有美感。

除了最基本的逗号、句号、引号外,我们经常会忽略了别的符号,比如顿号,比如破折号,比如省略号。要知道,它们在你的作品中,也是会说话的。

能不能灵活运用标点符号,也是写作技巧之一。

雕镂好你的"门楣"

我喜欢逛古镇。

我喜欢古镇那些旧的深巷。碎砖或是青石板铺成的巷道,幽深悠长,古意森森。绿苔沿着砖墙攀爬,绒毛似的浅绿,一撮一撮。人走在里面,仿佛听到历史的回音,千重万重。每迈一步,都是在与从前相逢啊,让人的心底,生出无限的感慨与敬意来。顽强的小草总能找到缝隙,从青石板下面钻出来,顶着小脑袋,在清风里摇曳,瘦弱着,却有着鲜绿的欢喜。阳光打在巷道两边的粉墙上,泛着旧的光泽,如同发黄的旧照片。

我喜欢一栋房一栋房地看。有庭院深深。有花开半枝。最喜欢的,莫过于那些门楣。砖雕的,或是木刻的,上面有字。譬如"厚德载重";譬如"天道酬勤"。我总要仰头盯着看许久,想象着从前这户人家,人丁兴旺,饱读诗书,子贤孙孝。也有门楣上写着"紫气东来",或是"花开富贵"的,那么这户人家,定是非官即商,家财万贯。进去探问,果然是。

这样的门楣,把从前的烟尘风雨全凝聚其中,厚重着,催人遐思。它就像一本书的扉页,轻轻打开,就是满纸的味道——或典雅,或古朴,或家常,或诗意,让人有推门进去看一看的欲望。

这就好比写文章。如果把一篇文章比作一栋房，那么，文章的标题，就是这栋房的门楣。读者读你的文章，首先看到的，是你雕镂出的"门楣"。门楣或精巧，或婉转，或忧伤，或直白，都直接影响着读者的第一印象。有时，一篇文章的好坏，很大程度上，取决于你所制作的"门楣"。

我曾写过一个故事，起初取的标题是——九十二颗蚕豆。投稿出去，未能发表。后来，我把标题改成——如果蚕豆会说话，正文内容一字未改。再投出去，顺利刊出，之后被大大小小报刊疯狂转载。还有一篇文章，也有着同样的经历，我起初定下的标题是——《一个肩头的温暖》，发表以后，反响不是很大。后来，我把它的标题改成——《格桑花开的那一天》，被一些报纸杂志疯狂转载，影响了一批又一批读者。

行笔至此，你恍然大悟了没？是的是的，我们在创作的同时，一定要有精巧的心思，雕镂好文章的"门楣"，让读者能一见欢喜，心领神会，继而，迫不及待推开你的"门扉"，进去探幽寻静，让心灵在你的文字中，自在地徜徉。

链接文章

谁碰疼了她的忧伤

那是个几乎与世隔绝的小山寨。大山深深处，一群苗族人，他们住黄泥抹墙的房，吃自家种的苞谷和红薯，穿自家织的土布衣裳。有儿自小会山歌，有女从小会刺绣。如此生生不息，与大山融合在一起。

一行人坐了车去。当地导游再三强调，这个寨子，近年来才逐步与外界沟通的，很多方面还很原始，甚至野蛮。她叫我们无论言，还是行，都不要犯了苗人的忌讳。特别关照，不能给苗人小孩子东西，哪怕一元钱。苗人讲究自食其力，你给他们家小孩子东西，他们非但不感激，还会很生气，认为你教坏他们小孩子，让小孩子有了不劳而获的念想。

山，重重叠叠，杂草遍生。我们沿着山脚走了大半天的路，一路磕磕绊绊，走得脚酸腿胀。越过一片湖，顺着长满绿苔的青石板，小心地爬上去，这才到达苗人的寨子。一截矮墙上，突然传来童稚的歌声，是改版的《小城故事》："苗寨故事多，充满喜和乐，若是你到苗寨来，收获特别多。"我们都被这歌声逗乐了，有游客紧走两步，跑上去问："谁教你的？"那猴子一样灵敏的男孩子，一个翻身跳下矮墙，说："老师教的。"转身一溜烟跑了。

整个苗寨，静。只有一幢幢房，参差摆开，一律的黄泥抹的墙，黑瓦顶。房与房相接处，都是青石板，曲曲弯弯，蜿蜒如小蛇游。缝隙处，绿草肆意疯长。导游说，白天到苗寨，是难得见到成人的，成人们都到地里干活去了，他们每天早出晚归，一天只吃两顿饭——早饭和晚饭。

果真的，转遍整个寨子，看到的，只有孩子，和狗。那些孩子，三四岁到五六岁不等，再大一些的，都跟父母到地里去了。可能是近年来见到的游人多了，一群孩子并不怕生，绕在我们身边走，亦能听懂一些我们的普通话。给他们拍照，他们会摆出造型来，而后哄笑着跑过来，看相机屏幕上自己的样子，说出"漂亮"这个词。

只有一个小女孩，她远远落在一群孩子后，一直不笑，神情忧郁，看上去不过五六岁。导游却告诉我："不对，她十岁了。"这让我惊讶。我走过去，试图跟她搭话，我说："你衣裳上绣的花真好看，谁绣的？"她答:"我绣的。"我夸她:"你真有本事。"她说:"我八岁就学会刺绣了。"我提出要给她单独拍照,她想了想,问:"可以带上我的妹妹吗?"原来,她留在家里,是为了照应两个年幼的妹妹。她一手搀一个小人儿,她的背后,是那些黄泥抹墙的房。不远处,青山苍翠。

照片的效果很好,我让她看,我问:"漂亮吗?"她淡淡扫一眼,答:"漂亮。"脸上依旧没有笑容。后来,我走到哪里,她便跟到哪里,静静在一边,如一朵静静的小野花。我问:"你干吗不说话呢?"她伸手摸我的衣襟,突然冒出一句:"你们那儿也长黄瓜吗?"我愣住,一时不知怎么回答。她兀自说下去:"我们这儿长好多呢,很好吃。"我转脸看她,她的眼睛避开我,望向大山外,两汪深潭水,映着几多迷惑:那大山外,到底是怎样一个世界?它带给她五彩的冲击,让她明显地有了不安。我突然明白了她的忧郁所在。

我问她:"上学吗?"她摇摇头,说:"只念到二年级。"又补充,"我们这儿只念到三年级的,再念书,就要到山外的镇上去,我没去过。"

我不敢再问什么,如果不是我们的擅自闯入,她或许也是安静快乐的一个,安命于大山深处的自给自足,长大了嫁一个阿哥,戴满头银饰,做人家的媳妇。我对她笑笑,想送她一件礼物,但想起苗人的忌讳,忍忍,作罢。

我们离开苗寨时,一群孩子跟着,一直跟到寨子外。小女孩也跟着,神情忧郁,她的眼睛里,汪着两汪深潭水。当我们走了好远好远的路,回过头去,依稀看见寨子口,一个小小的身影,依然站着,蓝衣蓝裤,像一朵静静开着的小野花。青山环抱中,她身后的寨子,美得像上帝遗落的一个梦。

梅子的话

　　写作这篇文章时,我的眼前,老是晃动着湘西苗寨里那个小女孩的样子:瘦小,黄巴巴的。穿绣花的衣裙,一手牵一个小孩,跟着我走。两只大眼睛里,满满的,茫然几多,仿佛水雾,让我心痛。在这篇文章写成后,我给它定下标题——谁碰疼了她的忧伤,引领读者们的思考:她是谁?她为什么要忧伤?又是谁把她碰疼了?

　　现代文明以不可一世的架势,渗透进那些封闭的角落,到底带给他们的是幸,还是不幸?——这是值得我们反省的。

景与情

明末清初的思想家王夫之，在关于文学作品中"景"与"情"的关系上，有两段精彩描述：

情境虽有在心在物之分，然情生景，景生情，哀乐之触，荣悴之迎，互藏其宅。

情景名为二，而是不可离，神于诗者，妙合无垠，巧者则情中景，景中情。

这两小段话，译得直白一点，也就是我们常说的，情景交融。情和景，最是密不可分的。

王国维在他的《人间词话》里，也如此强调：

文学中有二元质焉：曰景，曰情。

要特别指出的是，这里所说的"景"，不只局限于我们眼中所见到的自然风景，它还包括我们能够遇到的人、事、物等等，所构成的社会生活图景。

翻阅古今中外的名著，我们不难发现，无论哪一部名著里，都少不了大量

"景"的描述铺垫，来烘托人物的情感。可以这么说，若没有"景"的存在，"情"就成了无源之水，无本之木，就找不到落脚点了。

拿《红楼梦》来说吧，我们且来看看贾宝玉出场那节：

一语未了，只听外面一阵脚步响，丫鬟进来笑道："宝玉来了！"黛玉心中正疑惑着："这个宝玉，不知是怎生个惫懒人物，懵懂顽童？倒不见那蠢物也罢了。"心中想着，忽见丫鬟话未报完，已进来了一位年轻的公子：头上戴着束发嵌宝紫金冠，齐眉勒着二龙抢珠金抹额；穿一件二色金百蝶穿花大红箭袖，束着五彩丝攒花结长穗宫绦，外罩石青起花八团倭锻排穗褂；登着青缎粉底小朝靴。面若中秋之月，色如春晓之花，鬓若刀裁，眉如墨画，面如桃瓣，睛若秋波。虽怒时而若笑，即瞋视而有情。项上金螭璎珞，又有一根五色丝绦，系着一块美玉。黛玉一见，便吃了一大惊，心下想道："好生奇怪，倒像在那里见过一般，何等眼熟到如此！"

曹公在此大费笔墨，对宝玉的外貌、衣着进行了详尽的描写，这样的景，原是为了黛玉的情。初见宝玉的黛玉，这个时候，心里敲起了小鼓，情感的波浪，翻过一浪又一浪去，不安、惊悸、震惊，又生着亲切，为后来两人的情感走向，埋下了伏笔。

这种情景交融的手法，在我们的古典诗词里，表现得尤为突出。流传至今的古典诗词，几乎无一不取胜于以景衬情，情景相融。我们一起来温习一首范仲淹的《苏幕遮》，先看看它的上阕：

碧云天，黄叶地，秋色连波，波上寒烟翠。山映斜阳天接水，芳草无情，更在斜阳外。

一幅晚秋图，就这样铺展开来，天苍地阔，水渺草远，凄清又凄迷。这样的景，自然而然引出了下面的人物情感：

黯乡魂，追旅思，夜夜除非，好梦留人睡。明月楼高休独倚。酒入愁肠，化作相思泪。

季节是这样的迷离，真叫人万般无奈，辗转难眠。相思无处寄，何处话凄凉？唉，也只能自己抱着自己的孤寂取暖了。

我链接的《住在自己的美好里》一文中，也多有运用情景交融的手法。我不吝花大量篇幅，描写杉树，描写小花朵，那是因为，这些"景"上，附丽着人的灵魂。它们彼此相依，水乳交融，已分不清谁是谁了。

链接文章

住在自己的美好里

一只鸟，蹲在楼后的杉树上，我在水池边洗碗的时候，听见它在唱歌。我在洗衣间洗衣的时候，听见它在唱歌。我泡了一杯茶，捧在手上恍惚的时候，听见它在唱歌。它唱得欢快极了，一会儿变换一种腔调，长曲更短曲。我问他："什么鸟呢？"他探头窗外，看一眼说："野鹦鹉吧。"

春天，杉树的绿来得晚，其他植物早已绿得蓬勃，叶在风中招惹得春风醉。杉树们还是一副大睡未醒的样子，沉在自己的梦境里，光秃秃的枝丫上，春光了无痕。这只鸟才不管这些呢，它自管自地蹲在杉树上，把日子唱得一派明媚。偶有过路的鸟雀来，花喜鹊，或是小麻雀，它们都是耐不住寂寞的，叽叽喳喳一番，就又飞到更热闹的地方去了。唯独它，仿佛负了某项使命似的，守着这些杉树，不停地唱啊唱，一定要把杉树唤醒。

那些杉树，都有五六层楼房高，主干笔直地指向天空。据说当年栽植它们的，是一个学校的校长，他领了一批孩子来，把树苗一棵一棵栽下去。一年又一年，春去春又回，杉树长高了，长粗了。校长却老了，走了。这里的建筑拆掉一批，又重建一批，竟没有人碰过它们，它们完好无损的，无忧无虑地生长着。

我走过那些杉树旁，会想一想那个校长的样子。我没见过他，连照片也没有。我在心里勾画着我想象中的形象：清瘦，矍铄，戴金边眼镜，文质彬彬。过去的文人，大抵这个模样。我在碧蓝的天空下笑，在鸟的欢叫声中笑，一些人走远了，却把气息留下来，你自觉也好，不自觉也好，你会处处感觉到他的存在。

鸟从这棵杉树上，跳到那棵杉树上。楼后有老妇人，一边洗着一个咸菜坛子，一边仰了脸冲树顶说话："你叫什么叫呀，乐什么呢！"鸟不理她，继续它的欢唱。老妇人再仰头看一会儿，独自笑了。飒飒秋风里，我曾看见她在一架扁豆花下读书，书摊在膝上，她读得很吃力，用手指着书，一字一字往前挪，念念有声。那样的画面，安宁、静谧。夕阳无限好。

某天，突然听她的邻居在我耳边私语，说那个老妇人神经有些不正常。"不信，你走近了瞧，她的书，十有八九是倒着拿的，她根本不识字。不过，她死掉的老头子，以前倒是很有学问的。"

听了，有些惊诧。再走过她时，我仔细看她，却看不出半点感伤。她衣着整洁，头发已灰白，却像个小姑娘似的，梳成两根小辫子，活泼地搭在肩上。她抬头冲我笑一笑，继续埋头做她的事，看书，或在空地上打理一些花草。

　　我蹲下去看她的花。一排的鸢尾花，开得像紫蝴蝶舞蹁跹。而在那一大丛鸢尾花下，我惊奇地发现了一种小野花，不过米粒大小。它们安静地盛放着，粉蓝粉蓝的，模样动人。我想起不知在哪儿看到的一句话：你知道它时，它开着花；你不知道它时，它依然开着花。是的是的，它住在自己的美好里。亦如那只鸟，亦如那个老妇人，亦如这个尘世中，我所不知道的那些默默无闻的生命。

梅子的话

　　"情景交融"应该是我们在写作中运用得最多的一种表现手法。所以，初学写作的人，首先要训练的，就是如何写景。

　　自然风景自不必说了。日月星辰，山川河流，花开花谢，潮起潮落，四节轮回，风霜雨雪，都是我们要训练的对象。我们还要多多练笔的是，对社会生活场景的描写。你所相遇到的人与事件，都是景物的一部分。它们会拨动你内心的情感，即便是萍水相逢，有时也叫人念念难忘。你要探究一下，到底是什么打动了你，是事件本身的感人，善良着，怜悯着，或使人愉悦着？还是人物本身的魅力，一举手，一投足，都带着修为……你把这些写下来，就是最好的"景"了。

第三辑　化有形于无形

第四辑

文字的节奏

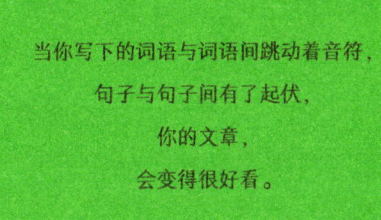

当你写下的词语与词语间跳动着音符，
句子与句子间有了起伏，
你的文章，
会变得很好看。

僧敲月下门

让我们先来赏首小诗吧。诗是唐代诗人贾岛的名作《题李凝幽居》：

闲居少邻并，草径入荒园。

鸟宿池边树，僧敲月下门。

过桥分野色，移石动云根。

暂去还来此，幽期不负言。

关于这首诗，有一段传说，一直流传至今。

话说一日晚，月色如水，贾先生不想辜负了眼前这等好月色，决心趁着月色，去探访独居一隅的友人李凝。他骑着毛驴，也就上路了，等他到达李凝的居所时，只见满天地一片银色的羽毛在飞。萋萋荒草，淹没了李凝院门口的小径。"哒哒"的驴蹄声，惊起池塘边树上夜宿的鸟儿。友人这幽居的僻静与荒芜之美，让贾先生一时诗兴大发，于是，他在月下独自吟哦起来。当吟到"鸟宿池边树"时，他顿住了，在下句到底用"僧推月下门"，还是"僧敲月下门"上犯了踌躇。他骑在毛驴背上，反复做着"推"与"敲"的动作。后人给续下一段佳话，说他因太过投入于思考之中，而冲撞了吏部侍郎韩愈的马车，韩愈得知事情原委，建议他用"敲"字，两人遂成莫逆之交。

也仅仅是一字之差，意境已大不相同。贾先生开始用的"推"字，显得既冒失又欠礼貌。想想吧，宁静的夜里，倘若是你，正独守一屋的安详，突然有人莽撞地推门而入，你是什么感受？尽管，那是一个你熟悉得不能再熟悉的人，但难免还是要吓一大惊。换了"敲"字，动作举止上，已先舒缓了几分。或许还带着优雅的，轻扣一下，再轻扣一下，一是出于礼貌。二是给屋里人一个思想准备，啊，有客来了。静谧的夜，因此被叩出几朵温情的水花来。

这一"推"一"敲"，让我们在感叹之余，是不是备受启发？许多文学前辈的作品，我们看到的只是其散发出的光芒，从没想过他们在背后进行过多少次的打磨。他们都是精于雕琢的玉匠，玉饰上的一枝一蔓，都来不得丝毫马虎。就像贾岛曾自嘲的那样："两句三年得，一吟双泪流。"一个字，一个词，一个句子，一段话，往往对整篇文章的成败与否，都起着至关重要的作用。

玉不雕不成器，文不琢不成文。一篇好的文章，有时，是要对里面的字、词、句、段落，甚至一整个章节，反复推敲，才能呈现出美好的状态。

链接文章

草的味道

下班，开着电瓶车，路边的草地新割了，散发出浓郁的草香。我有种冲动，想停了车，躺到草地上去，在那草香里打上几个滚。

怎么形容这香才好呢？还真说不好。它不似花香，染了脂粉味。它

第四辑 文字的节奏

又不似露珠和雨水，带着清凉。对，它似乎有种成熟了的谷物的味道，小麦，或是大豆。再闻，却又不是，它香得那么独特，风霜雨露日月星辰的精华，全在里头。你不由得张大嘴，大口大口地猛吸，五脏六腑都被它灌得满满的，如饮佳酿。你猛然醒悟过来，它就是草香哪，用什么也比拟不了。就像一个独特的人，你怎么看，他都与旁人不一样。他有他特有的气质，别人模仿不来。

这是秋冬的草。牛或羊，一整个冬天，都吃着这样的草。牛和羊的身上，都是草香。

春天的草，则又是另一种味道。那些嫩绿的，柔弱的，不能碰，一碰就是一汪水啊。它们多像初生婴儿柔软的发丝，和肌肤，浑身上下，散发出奶香。你走过它们身边时，你的心里，有了怜爱。

怜爱真是一种美好的人类情感。你拥有了这种情感，你会对整个世界，都充满善意。同样的，世界回报给你的，也将是美好和善良。

"青青河畔草，绵绵思远道"，我以为写的也是初春的草。这样的画卷，太容易让人沉溺。春回大地，小草甜蜜的气息，率先扑入人的鼻翼。独坐香闺中的女子，暗自吃了一惊，都春了么？推开窗户，草色入帘青。屋旁的河畔，早已是蜂蝶纷飞。突然的，她悲上心头，远行的人啊，我等你等到草都绿了，你怎么还没有归？——草最担当得起这样的爱情和思念，自然、纯真、绵绵不绝，直叫人柔肠百结。

草也最是宽容，从不计较个人得失恩怨，你踩它、割它，甚至是放火烧它，它依然生长，散发出特有的清香。雨水越多，它越长得欢。所谓水肥草美，才是大自然最好的盛况。我在呼伦贝尔大草原，见识过这种盛况。

在那里，我跟着一棵草走啊走啊，走到呼伦湖，走到贝尔湖，走到根河去。两个老牧羊女坐在草地上。一旁的牛和羊，在安详地啃着草。草地上开着或白或紫的花，东一朵西一朵的，像淘气的孩子，满地乱滚，无秩无序，却有种散漫的天真。我在草地里走，草生出牙齿来，咬我。咬我的，还有满地乱飞的蚊虫。

她们远远看着我笑，说，你应该穿长裤的呀，这儿的虫子多着呢。她们戴头巾，穿长衫长裤，脚蹬靴子，手握马鞭，坐在草地上，悠闲得像草地上开着的花。她们掐一根草，放在嘴里品咂，告诉我，我们这里的好多草，都是上等的草药呢，能治好多病的。问她们，那你们嘴里的草是啥味道呢？她们一齐笑了，答，就是草味呗，香。

她们说，野玫瑰也是一种草。马齿苋也是一种草。格桑花也是一种草。春天开花可好看了，红的，粉的，黄的，很大的一朵朵。她们这么说时，唇齿间，散发出草的香气，让我很想去拥抱她们。

我问她们可不可以拍照。她们很乐意，正正衣冠，端庄地对着我的镜头笑，笑得很像两棵草。

我的老家，也生长着众多的草。每次回家，我都会去看看它们。它们的名字，我一个也没有忘记，牛耳朵、苦艾、蒿子、茅、蒲公英、地阴草、一年蓬、乳丁草、婆婆纳……它们各有各的味道，闭起眼睛，我也能闻得出来。——故乡的味道，那是烙进一个人的骨骼里的。

我很高兴它们一直在。它们在，我的故乡便在。

梅子的话

我每每走过草地边,总有种冲动,想写一写草的味道。

草的味道,是那么的浓烈,总是不由分说扑向我。春天是新嫩着的。夏天是清凉着的。秋天是成熟着的。冬天是温厚着的。四季的香,各各不同。俨然是——个人,从童年,走向老年去。走得那么心平气和,他(她)带给这个世界的美,他自己一点也不知道。

我在写作这篇散文时,反复推敲。特别是在草的"香"上,如何更能准确地表达出它的独特来。在遣词造句方面,我是很费了一番心思的。

一杯佳酿

有不少孩子问过我这样的问题,梅子老师,在写作中,你是不是一直走得很顺,想写什么就写什么,想写多少就写多少?

啊,我笑了。原谅我,我真是忍不住,笑了很久。我也不是水龙头嘛,只要轻轻一扭开,水就能哗啦啦奔淌个不停。

我资质也很一般,只是勤奋些罢了。我往往也有写不下去的时候,觉得下笔的艰涩,思维在那会儿好像卡住了,停顿了,枯竭了。又或者,虽算是写完了,但自己看着,并不满意,总感觉这里那里,毛病多多。一时半会又说不好,到底是哪里出问题了。

每每这时候,我都对自己说,不急,不急,搁一搁,搁一搁就好了。

这就好比酿酒,是需要时间发酵沉淀的。所谓的酒不陈不香。于做文章而言,同理。

当一杯佳酿到达你手里,散发出浓郁的酒香,你可知道,它之前曾经历过怎样的千锤百炼?从砌酒窖用的砖和泥,到所挑选的每粒大米,无一不是精上加精,丝毫马虎不得的。这之后,它要经历发酵、蒸馏、贮藏、开封等阶段,这酒,才算酿成了。

我不否认,仓促之下写成的文章,偶尔也会出精品。但,更多的,却是泛泛之作。好的作品，原是需要时间让它沉淀的。当我写不下去，或觉得写得不如意的时候，我就把手里的文字搁上一搁。我改去做其他的事，比如看书，比如听音乐，或者，写点别的什么。等过了一段日子，我重新把它拿出来，思维突然变得活跃，视角和立场，以及所要表达的情感，都跟之前有了极大的区别。未完成的，我可以顺利接下去了。完成好了的，我也能一眼看出它的问题所在，作进一步的修改和补充。有时，甚至只保留原题目，其他的，全部被我推翻掉重来。

拿我下面链接的文章《如果蚕豆会说话》来举例吧。这个故事，原是我看的《新民晚报》上的一则报道。报道不及豆腐块大，短短二三百字，粗略地说了一件事。我一见之下，心动，难忘，日思夜想着要把它写成故事。开始写时，难，不知怎么下笔。故事给出的脉络不很清晰，只讲一个下放知青，在政策落实后，她拒绝回上海，留在农村了。至于中间的情节，没有透露一点点。

我在筛选之下，选用了"蚕豆"做道具。之所以选它，是因为它是农村里最普遍的农作物，也是家家都长的，即便在穷困年代。它又极易储存，炒熟了，是农村孩子们最好的零嘴儿。——这符合故事中人物的身份。

我开始拟定的标题是，《九十二颗蚕豆》。很直白，无悬念，也不诗意。文章写完，我总觉得哪里欠缺了什么。当时也没别的招好使了，脑袋好像被掏空了似的，我搁下它。这一搁，就搁了足足有半年多。半年后，我翻到它，心里一下子电光火石般的，我想，若是蚕豆会说话呢？它会说什么？我把标题换成《如果蚕豆会说话》，文章立即变得光彩灼灼。在结尾处，我添加了这么一句：

如果蚕豆会说话，它一定会对她说，我爱你。那是他用一生凝聚起来的语言。

这篇文章后来被大大小小报纸杂志转载，感染了一大批人。

链接文章

如果蚕豆会说话

　　二十一岁，如花绽放的年纪，她被下放到偏僻的乡下。一夜之间，她从一个幸福的女孩子，变成了人所不齿的"资产阶级小姐"。那个年代，有那个年代的荒唐。而这样的荒唐，几乎改变了她一生的命运。

　　父亲被批斗至死。母亲伤心之余，选择跳楼，结束了自己的生命。这个世上，再没有疼爱的手，可以抚过她遍布伤痕的天空。她蜗居在乡下一间漏雨的小屋里，出工，收工，如同木偶一般。

　　最怕的是田间休息的时候，集体的大喇叭里放着革命歌曲，"革命群众"围坐一堆，开始对她进行批判。她低着头，站着。衣不敢再穿整洁的衣，她和他们一样，穿打了补丁的。发不敢再留长长的，她忍痛割爱，剪了。她甚至有意在毒日头下晒着，因为她的皮肤白皙，她要晒黑它。她努力把自己打造成贫下中农中的一员，一个女孩子的花季，不再明艳。

　　那一天，午间休息。脸上长着两颗肉痣的队长突然心血来潮，把大家召集起来，说革命出现了新动向。所谓的新动向，不过是她的短发上，别了一只红的发夹。那是母亲留给她的遗物。

　　队长派人从她的发上，硬生生取下发夹。她第一次反抗，泪流满面地争夺。那一刻，她像孤单的一只雁。

　　突然，从人群中蹿出一个身影，脸涨得通红的，从队长手里抢过发夹，交到她手里。一边用手臂护着她，一边对周围的人，愤怒地"哇哇"叫着。

　　所有的喧闹，瞬间止息，大家面面相觑。等明白过来眼前发生的事，

第四辑　文字的节奏

大家笑了，没有人跟他计较，一个可怜的哑巴，从小被遗弃在村口，是吃百家饭长大的，长到三十岁了，还是孑然一身。谁都把他当作可怜的人。

队长竟然也不跟他计较，挥挥手，让人群散了。他望着她，打着手势，意思是叫她安心，不要怕，以后有他保护她。她看不懂，但眼底的泪，却一滴一滴滚下来，砸在脚下的黄土里。

他见不得她哭。她怎么可以哭呢？在他心里，她是美丽的天使，从她进村的那一天，他的心，就丢了。他关注她的所有，夜晚，怕她被人欺负，他在她的屋后，转到下半夜才走。她使不动笨重的农具，他另制作一些小巧的给她，悄悄放到她的屋门口。她被人批斗的时候，他远远躲在一边看，心，绞成一片一片的。

他看着流泪不止的她，手足无措。忽然从口袋里，掏出一把炒蚕豆来，塞到她手里。这是他为她炒的，不过几小把，他一直揣口袋里，想送她。却望而止步，她是他心中的神，如何敢轻易接近？这会儿，他终于可以亲手把蚕豆交给她了，他满足地搓着手嘿嘿笑了。

她第一次抬眼打量他，长脸，小眼睛，脸上布满岁月的风霜。这是一个有些丑丑的男人，可她眼前，却看到一扇温暖的窗打开了。是久居阴霾里，突见阳光的那种暖。

从此，他像守护神似的跟着她，再没人找她的麻烦，因为他会为她去拼命。谁愿意得罪一个可怜的哑巴呢？她的世界，变得宁静起来。她甚至，可以写写日记，看看书。重的活，有他帮着做。漏雨的屋，亦有他帮着补。有了他，她不再惧怕夜的黑。

他对她的好，所有人都明白，她亦明白，却从不曾考虑过会嫁他。邻居阿婶想做好事，某一日，突然拉住收工回家的她，说，你不如就做了他的媳妇吧，以后好歹有个疼你的人。

他知道后，拼命摇头，不肯娶她。她却决意嫁他。不知是不是想着委屈，她在嫁他的那一天，哭得稀里哗啦。

　　他们的日子，开始在无声里铺开来，柴米油盐，一屋子的烟火熏着。她在烟火的日子里，却渐渐白胖起来，因为有他照顾着。他不让她干一点点重的活，甚至换下的脏衣裳，都是他抢了洗。

　　这是幸福罢？有时她想。眼睛眺望着遥远的南方，那里，是她成长的地方。如果生活里没有变故，那么她现在，一定坐在钢琴旁，弹着乐曲唱着歌。或者，在某个公园里，悠闲地散着步。她摊开双手，望见修长的指上，结着一个一个的茧。不再有指望，那么，就这样过日子罢。

　　也不知是他的原因，还是她的原因，他们一直没有孩子。但这不妨碍他对她的好，晴天为她挡太阳，阴天为她挡雨。村人们叹，这个哑巴，真会疼人。她听到，心念一转，有泪，点点滴滴，泅湿心头。这辈子，别无他求了。

　　生活是波平浪静的一幅画，如果后来她的姨妈不出现，这幅画会永远悬在他们的日子里。她的姨妈，那个从小去了法国，而后留在了法国的女人，结过婚，离了，如今孤身一人。老来想有个依靠，于是想到她，辗转打听到，希望她能过去，承欢左右。

　　这个时候，她还不算老，四十岁不到呢。她还可以继续她年轻时的梦想，譬如弹琴，或绘画。她在这两方面都有相当的天赋。

　　姨妈却不愿意接受他。照姨妈的看法，一个一贫如洗的哑巴，她跟了他十来年，也算对得起他了。他亦是不肯离开故土。

　　她只身去了法国。在法国，宜人的气候，美丽的住所，无忧的日子。她常伴着咖啡度夕阳。这些，是她梦里盼过多次的生活啊，是她骨子里想要的优雅，现在，都来了，却空落。那一片天空下，少了一个人的呼吸，

第四辑　文字的节奏　　157

终究有些荒凉。一个月，两个月……她好不容易挨过一季，她对姨妈说，她该走了。

再多的华丽，亦留不住她。

她回家的时候，他并不知晓，却早早等在村口。她一进村，就看到他瘦瘦的影，没在黄昏里，仿佛涂了一层金粉。或许是碰巧罢，她想。她哪里知道，从她走后的那一天起，每天黄昏，他都到路口来等她。

没有热烈的拥抱，没有缠绵的牵手，他们只是互相看了看，眼睛里，有溪水流过。他接过她手里的大包小包，让她空着手跟在后面走。到家，他把她按到椅子上，望了她笑，忽然就去搬出一只铁罐来，那是她平常用来放些零碎小物件的。他在她面前，陡地倒开铁罐，哗啦啦，一地的蚕豆，蹦跳开来。

他一颗一颗数给她看，每数一颗，就抬头对她笑一下。他数了很久很久，一共是九十二颗蚕豆，她在心里默念着这个数字。九十二，正好是她离家的天数。

没有人懂。唯有她懂，那一颗一颗的蚕豆，是他想她的心。九十二颗蚕豆，九十二种想念。如果蚕豆会说话，它一定会对她说，我爱你。那是他用一生凝聚起来的语言。

九十二颗蚕豆，从此，成了她最最宝贝的珍藏。

梅子的话

写作有时就跟酿酒差不多。

首先，要精挑素材。

其次，要酝酿情绪。当情绪高涨到一定程度，你有了动笔的冲动，这个时候，也就基本完成"发酵"的过程了。接下来，文字要经"蒸馏"阶段，删繁就简，反复打磨。有时，还要放上一放，过上一段时间再来看你之前写的东西，你会发现，视觉和感悟，又不一样了。

所以，当写不下去的时候，不妨搁上一搁，没准儿它会像陈年老酒般的，带给你惊喜。

一茧抽出万般丝

我每每总要惊奇于蚕茧。

小小的白色的一枚，泡水里煮啊煮啊，竟能抽出万般的丝来。抽出丝也就罢了，偏又生出各色各样的物件来，衣裙、手绢、扇面、床单被褥、围巾丝巾……优雅缤纷得叫人惊叹！谁能说他从没跟一枚茧子有过关联？当脖子上一款丝巾，云一样飘拂时；当身上一款轻软的薄被，梦一样盖着时，我的心里，总会荡过感动和敬畏，——那原不过是一枚小小的茧子。

世事万物，就是这么神奇，丝丝入扣，环环相连。活在这世上，谁都不是彻底孤立的孤独的，都与这个世界，藕断丝连着。

如果我们在写作上，也能够做到"一茧抽出万般丝"，那么，那些寻常的平淡的物事，在我们笔下，定也能变幻出漂亮的"丝巾"和高雅的"扇面"来，到那时，你还会愁下笔枯涩无东西可写么？呵呵，写作其实并不难，我们要学会的，只是如何做到从一枚"茧子"里，抽出那万般的"丝"来。

有个成语叫触类旁通，一叶动而万枝摇。我们看花，是这朵，又非这朵。看树，是这棵，又非这棵。看人，是这个，又非这个。只要沿着它们已有的经脉，一一抵达那些相关的物事，我们就会惊喜地发现，哦，原来，别有洞天哪。小天地里，都藏着大乾坤的。

在下文中，我写冬天的树。这样的题，常让人觉得头疼得很，不就是一棵掉光叶的树么，至于有那么多的废话要说么！我的回答是，有，而且相当的多。因为，这棵树不光光是一枚"茧子"，它里面还藏着万般"丝"的。我们得找到那些"丝"，把它们抽出来，生成衣裙也好，锦帕也罢，总之，是要变寻常为不寻常的。

在我的眼里，这棵掉光叶的树，是游走在天地万物间的，与风霜雨雪，与鸟鸣雀叫，与白天，与夜晚，与阳光，与星辰，与你我，都有着亲密。

故此，我这样代它说话：

岁月再多的涛光波影，也难得撼动它了。它在光阴里，端坐。鼻对口，眼对心，如"打禅七"的禅僧。

它的气度与气量，从容与波澜不惊，很自然的，让我联想到和它一样的人。我以为，老了的树，和老了的人，有着一样的内在气质和秉性。我顺着它这枚"茧子"，开始抽起"丝"来。

我抽到了南国小镇，偶遇到的老阿婆这根"丝"。岁月的弄堂口，她端坐，宛如一棵老了的树。阿婆的故事，也就顺理成章地跳到了我的笔下，千丝缠绕，脉脉动人。我最终，用这些"丝"，织成了一件质地精良的"衣"。

我写：

是啊，还有什么可惊的呢！就像一棵冬天的树，已历经春的萌动，夏的繁茂，秋的斑斓，生命的脉络，已然描摹清晰。别再去问活着的意义，一生的所经所历，便是答案。

这是树的世界，也是人的世界。

链接文章

冬天的树

在冬天，我常常不由自主地会为一棵树停下脚步，一棵掉光叶的树。

那棵树，或许是棵银杏。或许是棵刺槐。或许是棵苦楝树。或许是棵桑。它们一律的面容安详，简洁清爽，不卑不亢，不瞒不藏，坦露出它们的所有。没有了葱郁，没有了喧哗，没有了繁花灼灼、果实丰登。可是，却端然庄严得叫你生了敬畏和敬重。

偶尔的鸟雀，会停歇在它裸露的枝条上，把那当作椅子、凳子，坐上面梳理毛发，晒晒太阳。它也总是慈祥地接纳。

风霜来，它接纳。

雨雪来，它接纳。

岁月再多的涛光波影，也难得撼动它了。它在光阴里，端坐。鼻对口，眼对心，如"打禅七"的禅僧。

智利诗人聂鲁达说，当华美的叶片落尽，生命的脉络才历历可见。一棵冬天的树，很好地诠释了这句诗。

它让我总是想到那次偶遇：

是在南国小镇。年老的阿婆，发髻整齐，穿着香云纱的衫裤，端坐在弄堂口。风吹过去，吹得她的衫裤沙沙作响。人走过去，花红柳绿地摇曳生姿。她只端坐不动，与世界安然相对，榆树皮似的脸上，不见喜悲。

年轻时的故事，却是百转千回层层叠叠。家穷，兄妹多。那年，她不过才十一二岁，就南下南洋打工。所得薪金，悉数寄往家里。一段日子的苦撑苦熬，兄妹们终于长大成人。她从南洋返回后，自梳头发，成了一个立誓终身不嫁的自梳女。

那个年代，女性的地位低下卑微。走出家门的女性，独立意识开始苏醒，不甘心嫁到婆家，受虐待受欺侮。于是，她们像已婚妇女那样，在乡党的见证下，自行盘起头发，以示独守终身，这就成了自梳女。做了自梳女的女子，若中途变节，是要受到重罚的。轻则会遭到酷刑毒打，重则会被装入猪笼投河溺死。死后，其父母还不得为其收尸葬殓。

可是，爱情的到来，犹如春芽要钻出土来，四月的枝头花要绽放，哪里压得住！她爱了。

被吊打，被火烙，还差点被沉了河，她依然矢志不渝，只愿和心爱的人能生相随，死相伴。

她最终被乡党逐出家园。爱的那个人，却始乱终弃。她当时已怀有身孕，一个人流落他乡，养蚕种桑，独自把孩子抚养长大。

她拥有一手传统的好手艺，织得香云纱。九十多岁了，自己身上的衣，还是自己亲手织布，亲手漂染，亲手缝制。

人把她的一生当传奇，对她的往昔追问不休。她只淡淡笑着，不言不语，风云不惊。

是啊，还有什么可惊的呢！就像一棵冬天的树，已历经春的萌动，夏的繁茂，秋的斑斓，生命的脉络，已然描摹清晰。别再去问活着的意义，一生的所经所历，便是答案。

这个冬天，我陪朋友逛我们的小城泰山寺。寺庙跟前，我看到一棵苦楝树，撑着一树线条般的枝枝丫丫，斑驳着日影天光。如一尊佛，练达清朗。我们一时仰望无语。且住，且住，这岁月的根深流长。

梅子的话

这篇文章，完全是偶得。

冬日的一天，文友国福来访，我陪他逛我们的小城。在泰山寺门口，看到一棵老树，枝丫光秃秃的，无声地站在白日光下。我们当时都愣在那里，仰望许久。后来国福说，他想写冬天的树。他回去，真的就写了一首诗。我呢，在心里辗转的，是那树的样子，和在那树枝上跳跃的日光和人影。

写作写作，本是既要写，又要作的。写，是写你的遇见，看到的听到的想到的。作，是创作，那是要让思维往纵深里走，从表象，深入到内里。要学会从一枚茧子中，抽出万般的丝来。

文字的节奏

真正的散文总是有自己的节奏的，——这话是康·帕乌斯托夫斯基说的。

我想把它改一下：真正的文字，总是有自己的节奏的。这个节奏，不独独是指散文。诗歌就不消说了，若没有自己的节奏，根本成其不了诗歌。小说呢？若是弄出一堆晦涩难懂、毫无节奏感可言的文字，纵使再有曲折离奇的故事情节来支撑它，也是白搭。

那么，什么是文字的节奏呢？打个比方来说吧，溪水是潺潺而流，瀑布是哗啦啦飞泻，海浪是呼哧呼哧而来，这"潺潺""哗啦啦""呼哧呼哧"，就是节奏。你的文字若是溪水，它必有自己的潺潺之声。若是瀑布，它必发出哗啦啦巨响。若是海浪，必呼啸不断。读者在读你的文字时，会不由自主的，亦步亦趋，跟着你文字的节奏而行。没有节奏的文字，会让读者不知所云，如坠云雾，找不到前行的路。

再比方说，好的音乐，总能在第一时间，让听众把握住音乐的节奏，和着自己的心跳，不自觉的，跟着那些节拍，载跳载欢，沉浸其中。

那年我去平遥古城，满街的房，都是雕梁画栋的，充满异域风情的。各式吃食店充塞其中，又卖着各式古玩挂饰，用琳琅满目五彩缤纷来形容，一点不为夸张。正看得恍惚，不知所往，突然，一阵清越热烈的击鼓声，嘭嘭嘭响起，随之响起的，是一曲民谣。满大街的缤纷遁去，只剩那清越的民谣，还有和着鼓点而响的击鼓之声，我的双脚不由得移过去，手臂不由得跟着那鼓点摆动。也就看到一个女孩，面对大街，笑容晏晏地在击打着手鼓，她修长的手臂，和着音乐的鼓点，一上一下，一上一下，姿势优美。好几年过去了，每当想起平遥，我首先想到的，必是那个女孩，那首民谣，和那清越的鼓声。

这会儿，我之所以回忆到这场相遇，其实，想说的是，文字也有自己的"鼓点"，你若能够营造出属于你的"鼓点"，你的文字，就成熟了。

那么，怎么才能形成自己的文字节奏呢？康·帕乌斯托夫斯基说，首先要求作者在行文时，每个句子都要写得流畅好懂，使读者一目了然。这个理解起来并不难，也就是说，你每写下一句话时，不要拐弯抹角，不要故作高深，不要自设坑坑洼洼，弄出一些似是而非貌似深刻的东西，让人读起来结结巴巴，如同嚼蜡。句子的优美，原不在于优美词语的堆积，而在于它的好记、好懂、能引起共鸣、有画面感。一个句子写下来，能让人明白你所说何事，能让人在一瞬间，眼前展现出一幅画，有生活痕迹，这就有了文字的节奏了。

文字的节奏，还在于你要有能力把握整篇文章的步骤。该详的地方详写，该略的地方略写，做到轻重舒缓有致，既有流水咚咚，也有山鸟啼鸣，不要从头至尾都是一个调调，一个面孔，那样未免叫人厌倦。

如果可以，适当听听一些纯音乐吧，适当读读一些古诗词吧，在它们的韵律里，找到文字的节奏感。久而久之，你会形成自己的文字节奏的。当你写下的词语与词语间跳动着音符，句子与句子间有了起伏，你的文章，会变得很好看。

锦鲤时光

去秦岭深处的一个小村庄。

村庄里有老树。有古井。房屋多以平房为主,黄泥黑瓦,门楣低矮。草垛子搁在屋角头,鸡和狗在草垛子旁无所事事,见着来人,挺好奇,一齐抬头注目。碎石子铺成的巷道两旁,长满了芨芨草、野蒿子和鹅肠草。有一两枝桃花,从人家的院墙内探出头来,红粉乱溅。

我应邀走进一户人家。那户人家,女人患了软骨症,男人二十年如一日,不离不弃守护着。

男人得知我去,早早在院门口等着。憨厚的中年男人,脸上的笑容淡定而平和,不见被命运折腾的愁苦。女人被收拾得很干净,她整个的身体,除了头稍稍能转动之外,其余的,都软似面团。她半躺在院中的一树桃花底下,脸上的笑容,也是淡定而平和的。

我坐到女人身边,听男人讲他们的故事。多少年的守护,她已与他的生命血肉相连。没有她就没有我,没有我也就没有她。这辈子,我就把她当婴儿照料,我愿意。男人说得慢条斯理,一边伸手拂拂女人的额发。

说到婴儿,两个人都笑出声来。我们有个儿子呢,很出息的,一直没开口说话的女人,这时突然插话道。

我被领进他们的小居室。两间平房,一间做了卧室,一间做了起居间。墙上全被花花绿绿的年画贴满了,一幅《胖娃娃抱锦鲤》的年画尤其显目。男人说,儿子喜欢这幅画。小时候他照着上面画,画得可像哩。

说起儿子,男人的语气里全是骄傲。他取来儿子的照片给我看,二十岁的小伙子,眉目飞扬。目前,正在北京念大学。

我一时间恍惚，仿佛走回从前去。从前，也是这样的房，家里的土墙上，也贴满年画，花花绿绿的。年画里，少不了一幅《胖娃娃抱锦鲤》。胖娃娃穿着红肚兜，圆鼓鼓的脸蛋上，欢笑飞溅。他骑坐在锦鲤身上，一手抱着锦鲤的头，一手擎着一朵荷花。他身下的锦鲤，亦是胖乎乎的，笑哈哈的，尾巴高高翘起，好似小马驹要腾飞。小时的我，很爱盯着这幅年画看。有时盯着盯着，老疑心那孩子那鱼，会走下来。

那时，村子里家家户户的土墙上，都少不了这样一幅年画，既喜庆，又满含着美好的祈愿，祈愿日子就像鲤鱼跳龙门一样。当时不懂，这鲤鱼为什么要跳龙门呢，跳过之后又怎样呢？村人们怕是也没有深究过这些问题，他们只笑嘻嘻说，就是鲤鱼跳龙门呀。眸子里，有星子在闪亮。

家里的土灶上，也断断少不了一幅锦鲤戏荷图。砌灶的师傅真是很不简单，灶砌好后，他在一面灶墙上，拿红漆绿漆涂涂抹抹，三笔两画，他的手底下，就有了荷花在开着，锦鲤在活泼地游弋着。我在一边，往往看得呆过去。世间神奇，我以为那算得上是一种。

一日，我在厨房里写作业，奶奶在烧饭。锅上热气蒸腾，我看到灶墙上那条锦鲤，在雾气里忽隐忽现，上下凫游。正发着呆，一个远亲来访，我称他大大。大大是个人物，那时，他在杭州城住，面皮白净，气质儒雅。听我爸说，他读书很多，写得一手好字。他当时见到在做作业的我，脱口说了句，这孩子将来肯定有出息，她握笔的姿势很不一般。

那日，我们全家因大大这句预言，着着实实高兴了一番。我爸说，我家的鲤鱼，将来也要跳龙门喽。我似懂非懂。但因被我爸比作鲤鱼，还是很是开心很得意的。后来，我坐在堂屋里读书，眼光常不自觉地溜到墙上那幅年画上去，笑嘻嘻的胖娃娃，一手抱着锦鲤的头，一手擎着一朵荷花。他身下的锦鲤，胖乎乎的，甩着尾巴，如一匹将欲腾飞的小马驹。

门外的鸟叫声，密集如小雨点。我小小的心里，有着莫名的激动。

现在回过头去看，我一生中最美的时光，当属于那一段锦鲤时光吧，虽然贫穷，虽然卑微，却单纯，色彩明艳，无限阔大。且心怀梦想和向往，相信奇迹，并充满热爱。

梅子的话

从前学哲学，对一句话记忆深刻：这世上，没有完全相同的两片树叶。当时不信，还真的去实验，看看有没有两片树叶完全相同。结果，没有。

对于这个世界上的人来说，更没有完全相同的两个人了。每一个，都是独特的，唯一的，都有着自己的生命节奏。文字，这个从我们的手底下，被我们创造出来的东西，也必烙上我们特有的印迹，有着属于我们特有的节奏。

留白

　　看过书画界泰斗张大千的很多画作。他尤喜画荷，一生画荷无数，泼墨烂漫，把荷的风骨几乎都画尽。然留给不少人印象最深刻的，却是他一幅随手涂抹的写意画。画中只有赭黄和浅灰两色。大片大片的赭黄色，中间只有淡淡几笔浅灰，勾勒出一只小船，和一挂帆，以及船头一人。此外，再无多余笔墨。

　　整幅画看上去，简洁明了，不见一丝天空，不见一丝海洋。大面积的空白，并不让人感到空洞，反而有种磅礴的气势。天际浩渺，海天一色，长风破浪，——这种表现手法，在艺术上，被称作，留白。

　　词典上是这么解释"留白"的：所谓留白，是指在书画等艺术创作中，为使整个作品画面、章法更为协调精美，而有意留下相应的空白，给人以想象的空间。

　　在书画界，很多的艺术大师，往往也都是留白的大师。他们吝惜着手中的着墨，不会让多余的一滴洒出来，能简则简，有时虽是轻浅的几笔，却尽显天地之宽。

　　这让我联想到我们的写作，若能把留白这种手法，来个乾坤大挪移，移到写作中来，并运用得当，将会产生多么强烈的效果。我们不妨来温习一下元代马致远的《天净沙·秋思》：

枯藤老树昏鸦，

小桥流水人家，

古道西风瘦马。

夕阳西下，断肠人在天涯。

　　短短一首小令，不过二十八个字，里面所包含的内容，却有着千言万语。整首小令，是写一个人的秋思。然作者对人物的描写，根本没有多着墨一笔，只在最后，用"断肠人"三个字，轻轻带过。我们在读这首小令时，却能处处感受得到主人公的气息，他在那里，他就在那里，双眸中蓄着满满的忧伤和惆怅，衣衫上沾着风尘，形销骨立的身影，比一个秋日的黄昏还瘦。真是此时无声胜有声！这种震撼，让人经久难忘。

　　这便是留白的力量。在一些细节或环境或人物的描写上，你无须着墨太多。说得太多太满，反而会弄巧成拙，让人没有兴趣读下去。你必须轻轻跳过去，留下余地和空白，让读者在你的字里行间，尽情地展开想象的翅膀，天马行空。

　　我在《立冬》这篇文章中，也运用了留白这种手法。在写到守林人和他的老伴时，我避开他们的婚姻情感，他们几十年的朝夕与共，只着墨于写守林人专心制作泥罐这件事。然他们一生中相濡以沫的深情厚谊，却遮也遮不住的，从泥罐子里，满溢了出来。

立冬

11月7—8日 水始冰、地始冻、雉入大水为蜃。

季节尚还在秋着，而立冬，又真真切切地站到跟前。

时间的脚步是一点也不等人的。常常，你这边丝毫未曾觉察，它那边，早已跑过十万八千里去了。人生多的不是不如意，而是对光阴的无奈，也才生出"白驹过隙"的感叹。更多的时候，你只有，被动地接受。在这被动里，倘若能寻出一些活的趣味来，——这大概，就是做人的好了。

古时民间，是把立冬日当作节日来过的。想想，又哪一个节气，他们不是当作节日来过？他们心思单纯，日日都是好日子。我在写这些节气的时候，常不免要发些呆，真想穿越过去，做一回古人。

古书上曰："立，建始也"，"冬，终也，万物收藏也！"热情也终有期，人类如此，自然界亦如此。一春的繁华，一夏的茂密，一秋的斑斓，这承载万物的大地，也该歇歇了。立冬日一早，天子出郊迎冬，赐群臣冬衣，抚恤在战争中失去亲人的孤寡。民间百姓则展开一系列送秋迎冬的活动，如祭祖、饮宴、卜岁。

这是从前的立冬。现在的立冬，早已丢失掉这些热闹了。

但风景，却一如从前：

吟行不惮遥，风景尽堪抄。天水清相入，秋冬气始交。
饮虹消海曲，宿雁下塘坳。归去须乘月，松门许夜敲。

诗人的玩性真大，一直玩到月上树梢头。他眼里的秋冬之交，风景是那样独特，——尽堪抄的，难怪会绊惹了他的脚步。隔了七八百年的烟雨风尘，自然所呈现的，似乎从未曾改变过。我眼前的海边滩涂，盐蒿已遍身红透，红花朵一样的，一直红到天涯去了。茅草们抽出白的花絮，像拂尘似的，迎风摆着。一些顽强的小野花，还撑着或黄或白的小脸蛋，在将枯未枯的草丛里，无心无肺地笑着。大地真像件织染的裙。

我来这里，是为看最后的秋。我遇到成片的林子，杉树林、银杏林、杨树林、竹林。上千亩，上万亩，莽莽苍苍。有老牛或站或卧在林子里，相当安详地啃着草。草还有些青色，而落叶已铺成软软的黄毯子。

守林人的小屋，搭在竹林的边上。两间小棚屋，茅草盖顶，渔网遮窗。屋上牵着扁豆藤和丝瓜藤。扁豆还有零星的花在开。丝瓜的曾经，应该很繁盛，那么多丝瓜老了，就那么在藤上悬着挂着，懒散疏离，却又有种说不出的超然。画家若看见，肯定会激动死了，这画面，堪称一绝。

守林人七十有五，在这里守林十四年了。他养一条狗，几只鸡。狗也上了年岁吧，看见我去，没吠，很友好地打量了我几眼，趴一边闭目养神去了。鸡看见我，咯咯叫着跑过来，讨吃的。

守林人在棚屋前忙活，见有外人突然撞入，他也不好奇，也不惊讶，抬眼看我一下，复又低头。他手里正用土坯在做泥罐之类的东西。他说是他刚学会的，他要用它来长葱。

我看一眼他的小棚屋，屋前屋后的空地不少，哪里都能长葱的。

他说，不一样的。

也是，这怎么能一样呢？小屋的门前，摆上几罐青葱，当花赏得，当蔬菜吃得，粗糙的生活，会变得不一样的。

何况，这是他亲手做的泥罐。

他却说，这是给他老伴做的。他老伴比他小四岁，在城里，帮他们的小儿子带小孙子。小孙子才两岁不到哇，离不了人的，他告诉我。

等葱长好了，我就给老太婆送去，他说。

老太婆会喜欢的。他满意地打量着手上的泥罐，笑出一脸的波浪来。

我听得怔怔的，内心温热。我不知道，这是不是爱的一种。

梅子的话

写作如同画画，这话，我已说过不止一回了。

画画需要留白，一是视觉的需要。若是笔墨把画布全挤满了，那给人的感觉，真是又拥挤又堵塞，会让人喘不过气来。二是想象的需要。留有余地，才叫人有回味的可能。要知道，欣赏最重要的，是在回味上，越想越有味道，越想越叫人放不下。那你的作品的存在，才有了意义。

写作亦如是。不能描写得太满，不能面面俱到。适当的时候，装"酷"一下不要紧，有些话我偏不说，偏不说，你想象着去吧。

细节之美

一个孩子发信息给我，梅子老师，怎样才能写好爱和善这个主题呢？我总觉得自己写的东西很老套，一点都不感人。

我想了想，回她，宝贝，你可着重细节描写，不要惊天动地，不要伟大高尚，就是那种寻常的，细微的，让你日后回想起来，依然能够感动和温暖的。我想，在你的成长之路上，你一定曾遇到过。

我不知道这个孩子听懂了没。

我布置写作班的孩子写写他们的爸爸妈妈，同样遇到这样的困惑。他们为难地看看我，说，没东西可写呀。爸爸就是那个爸爸，每天做的事，除了上班，就是送他们上学。妈妈就是那个妈妈，除了上班，回家不是扫地就是做饭。

好吧，他们是如此的平常。可是，他们和你之间总会发生点什么，让你有过一瞬的心动吧？

这些孩子便开始回忆。然后一个孩子告诉我，有件事令他很感动。有一天早晨，外面刮很大的风，天很冷，他爸爸送他到学校门口。他像往常一样，跳下他爸的电瓶车，就往校园里跑。他爸突然在后面叫住他，这是从未有过的。他很惊讶地站住，以为有什么事。他爸却说没什么事，只是走过来，帮他理理衣领子，又把自己脖子上的围巾拿下来，给他裹上。然后拍拍他的肩，说，去吧。那天，一整个上午，他坐在教室里，都感到暖暖的。

还有个孩子，说了一件关于他妈妈的事。他妈妈患了重感冒，几乎起不了床了，不得不去医院输液。中午放学时他想，回家一定没饭吃。等他回到家，刚推开门，饭菜的香味就扑过来。原来，妈妈在临去医院前，已带病做好了饭，炒了他最爱吃的菜，用保温桶装着，放在桌上。那顿饭他吃得很香。

我告诉孩子们，这就是爱啊。没有大涛大浪，却如涓涓涓细流，滋养着我们的生命。

我想起我念高中时，一个陈姓语文老师。教我们时，他早已退休，是被学校返聘的。上课时，他把书本凑到鼻子底下读——离得稍远点，他是看不见的。课上得又啰唆又寡淡，没有同学喜欢他的课，连带他那个人。一次，我在路上遇见他，他正弯腰在捡拾地上的垃圾。从他家到学校，一条近千米长的路，他就弯了无数次的腰。再从那条路走，我觉得眼前的红花绿草，都变得格外洁净。这么多年过去了，我时常会想起他来。

这，就是细节之美。一抬手，一弯腰，一个微笑，一声叮嘱，生活因此有了不一样的味道，又温暖又美好。

链接文章

两个瓦工师傅

两个瓦工师傅，一个姓尹，一个姓朱。两个人搭档着，专贴瓷砖，在这一行当，一做十多年。

我家新房装修，听人介绍他们手艺好，遂托了人去请。那边说，排队等着吧。我们急，得等多久？回，也就三四个月吧。语气浅淡。复又递了话过来，说，若是等不及，可以不等的，另请别的瓦工做吧。

这态度近乎傲慢了。因他们这等傲慢，我们倒愿意等了。傲慢是要有底气的，想来他们的手艺真的不错。

几个月后，终于等来他们。尹师傅瘦，朱师傅胖，两个人一动一静，如清风拂着流水。朱师傅几乎不说话，得空了，只闷头抽烟。我们对他说，吸太多烟不好呀。他抬头笑一笑，不作声，复低头吸。尹师傅却是个话痨子，一杯浓茶在手，一双灵活的小眼睛，眨啊眨的。他说，刚忙完一小老板的别墅。好家伙，那幢别墅所有的墙壁全贴的瓷砖，单单买瓷砖就花了三四十万呢，他眨巴着小眼睛，一脸的羡慕色。在他们之前，小老板曾找过七八拨瓦匠，都不满意，直到找到他们。

是吧？他得意之情横溢，扭头问朱师傅。朱师傅不开口，只抿了嘴笑，把一面瓷砖拿在手上敲敲，又放在耳边听听，再对着墙上比画着。比画半天，搁下，重拿一块，再如此动作一番。半个时辰过去了，一面砖还没贴上墙。

我们贴的质量你们绝对放心，尹师傅看着发愣的我们，说。他亦拿起一块瓷砖，敲敲，放耳边听听，再对着墙上比画着。这架势，不像在贴瓷砖，倒像在镂刻。我们暗喜，这两个师傅算是找对了，慢工出细活的。

隔三岔五的，我们会去新房子那里看看。常碰到两个师傅在休息，一个喝茶，一个吸烟。一旁的随身听里，放着热闹的相声。尹师傅看到我们，赶紧麻利地起身，关了随身听，热络地跟我们打招呼，介绍他们的进度。朱师傅仍稳稳坐着，兀自吸着他的烟，脸上挂一抹淡淡的笑。偶尔我们下午去，难得见到他们的人影，一屋的装潢材料凌乱着。打电话去问，一个答，正在牌桌上和几个牌友打小牌玩。一个说，他跟人去海边看涨潮了。

装潢的进度自然极慢，有不少等在后面的主顾，三天两头来追。他们一律慢悠悠地答，这活，快不了的，如果等不及，你们另请别人吧。他们接下的活计，已经排到来年。这才是初夏，他们却一点不急，依旧不慌不忙地，一面砖一面砖地推敲，贴上墙去，天衣无缝。一到下午，他们必早早撂下活计，换掉工作服，骑上电动车，一溜烟走了。他们要去打牌，要去会友，要去泡澡，要去广场上跳舞。总之，是要去享受生活的。

我一面欣赏着他们精湛的手艺，一面为他们惋惜着，要是紧着赶工，一个月怕是要多出好几万的收入吧。他们不为所动，理直气壮说，那我们也就没有时间玩了。

人这一辈子，最多也就百十年，不要那么急着赶路的。一直极少开口的朱师傅，淡淡笑着，突然冒出这么一句。

我陡地愣住，人生的确有太多的欲求可追可赶，永远也追不完赶不完。这两个瓦工师傅却早已明了，人生是用来忙碌的，也是用来享用的。世事淡然，适可而止。

梅子的话

我以为，细节描写最能刻画出人物的性情，折射出人物的内心，如果你要着重写人物的话。他们的语言动作，神态举止，甚至一些习惯，都可以归纳到细节中。像上文中，我运用得最多的，就是细节描写，生动刻画出两位瓦工师傅的大智若愚，让读者读后难忘。原来，享用慢生活，也是人生的一种。

有时，抓住细节描写，你离一篇文章的成功也就不远了。

静中有动

我讲一个关于一幅画的故事给你听。

某大师收一弟子,弟子天资聪颖,颇有绘画才能,跟大师后面才学了一两年,就在绘画界小有名气。有人吹捧弟子,说,你现在画得已不比大师的差,青出于蓝胜于蓝啊。弟子听了,不免沾沾自喜,真的认为自己很出色,再不要跟着大师学习了。

大师得知,没有表现出不高兴,只是吩咐弟子在出师前再作一幅画,交最后一次作业。大师设计的题很简单,要弟子画一幅瀑布图,形容一下水声之大。

弟子想,这有何难!他当即挥毫泼墨,很快,一幅瀑布图绘成。只见山峦俊朗,树木茂密,山涧幽深,一座小桥横跨于山涧之上,一挂瀑布,自山顶而下,在岩石上迸出硕大洁白的水花,气势恢宏,奔流入涧。弟子洋洋得意看着大师,以为大师会表扬他。岂料大师摇摇头,说,画是好画,只可惜听不到瀑布声。

弟子面露难色,这声音哪里能画?大师笑了,他轻轻提笔,在桥的两端各画一人,一人在桥这头,手圈成喇叭状放在嘴边,似在大声叫喊。一人在桥那头,朝桥这边倾斜了身子,伸长了脖颈,侧着耳,似在极力听。整个画面立即活了,瀑布的声音,哗啦啦汹涌而来。

我之所以讲这个故事,想说的是,我们在写作中,有时可以借鉴这个故事，在"桥"的两端，加上活动的"人"，使原本静止的文字，变得活泼有声，做到静中有动，增强可读性，给读者留下深刻印象。

要做到这点，并不难，你只要在描摹事物之中，添加一笔或几笔的"活"。活是什么？是生命的运动。而在所有的生命中，人是极具代表性的，人的思，人的想，人的一言一行，一举一动，无不使生命更具动感。

我在下文《那棵金桂》中，添加了几个"当地人"的形象、语言和动作的描写："他一边答你的话，一边给一盆海棠花浇水。""有老妇人在老屋檐下剥黄豆。她只是抬头笑笑地看着来人，不惊不诧。久远的岁月走到她这里，已波平浪静。""我们站定，对着它愣愣地看，就听到有当地人在身后笑说，那是棵金桂，好些年了。"一篇风平浪静的文字，因这几笔的添加，变得波光粼粼。

当然，文章中的"活"，不仅仅指人的行为思想，也可以是花鸟虫鱼的，风霜雨雪的，甚至是一幢老房子的。只不过，在写它们的时候，最好采用拟人化的手法，让它们具备人的思想和情感，灵动起来。

链接文章

那棵金桂

这会儿，我又想到那棵金桂。

金桂在一条老街上，老街在古镇安丰。

我们一行人去拜谒古镇。看过了保存比较完好的清代建筑鲍氏大楼。看过了照墙、瓦当和雕花的木格窗。看过了一口据说是唐时留下的古井。

然后，我们走上老街古旧的石板路，看两边的房。房有些是翻新的。有些正在整修中。还有些以本来面目存在着，明代的，或清代的，木门木窗都呈炭褐色，仿佛火烤过似的。——老街的确很老了。

可是，它到底有多老呢？倘若你存了疑问，寻问当地人，当地人会这么回答你，我祖上的祖上，就住在这里呀。

他一边答你的话，一边给一盆海棠花浇水。院落深深，似乎千百年来无有改变。靠院墙摆放着众多的花花草草，瓦盆瓷盆，泥缸泥罐。甚至从前的尿壶，都被种上了。一缸的睡莲，撑着肥圆的绿叶子，绿波流转。一朵粉艳的花，躲在叶下面，只露出小半张脸，俏皮着，仿佛在窃笑。惹得我们举起相机，围着它拍了又拍。

有老妇人在老屋檐下剥黄豆。她只是抬头笑笑地看着来人，不惊不诧。久远的岁月走到她这里，已波平浪静。

我们回她一个笑，退出院落去，继续前行。脚步轻轻，听不见声响，可历史千万重回声，分明在脚下汹涌澎湃。一块一块褐黄色的石板，被时光之手，雕凿得仄仄平平，如宋词一阕阕。当年，古镇煮海为盐，傍镇而流的串场河上，舟楫往来，熙攘纷繁。盐商们从这里运盐出去，回时船空，装上石板压船。一次次，竟在这里铺出一条七里长街。

明代哲学家王艮是从这里走出去的。

清代布衣诗人吴嘉纪是从这里走出去的。

他山之石，可以攻玉。——不知怎的，我想起《诗经》中的这一句，对着脚下的黄石板，我发了一回呆。再抬头，猛然于一树蓬勃的绿相逢。

那真叫蓬勃。一棵树，独独的一棵，站在荒芜之中。看不见树枝树干，只有叶的绿。绿叠着绿，绿挽着绿，绿抱着绿，神采昂扬。它的前面是一幢老房子，它的身后还是一幢老房子，都破败得很，无人居住。断壁残垣处，野草肆意。想当年那一定是一个四合院，日暖风轻，人丁兴旺。街上整日热闹沸腾，各种叫卖声，不时地穿庭入户，撞进小院来。

第四辑 文字的节奏　181

院内的孩子坐不住了，缠着小脚的老祖母，去买桂花糕。去买糖人。去买麦芽糖，还有五香蚕豆。

那么，这棵绿，又是什么时候栽下的？它在谁的守望中，一天一天长高。又在谁的注视中，早也青绿，晚也青绿。它见证了一些岁月的轮回，几页繁华，又几页凋落，世事终敌不过的，是时间。我们站定，对着它愣愣地看，就听到有当地人在身后笑说，那是棵金桂，好些年了。

心生欢喜，原来是它！花开时节，一簇簇金黄的小花，一定缀满枝丫。整个老街，都溢着它的香吧？出门去，香送出门。进门来，香迎进门。一年又一年。再俗世庸常的日子，有了它，也让人生出无限的惦念和向往。

我唯愿下次再去老街时，它依然还在那里，坚守着它的坚守，蓬勃着它的蓬勃。

梅子的话

随作家采风团去一个古镇采风。许是看多了古镇，大家都对这个苏北小镇没有太多感觉，除了老房子，就是老巷道，仅此。然而，一棵蓬勃的金桂，屹立在荒芜之中，撑着一树生命的欢喜，就那么撞击着我的心，让我再无法相忘。

回家后，我写下了《那棵金桂》这篇文字，用以向古镇上那棵金桂致敬。文章靠什么得来？有时，仅仅是这样的一面之缘。你只要做一个有心人，就可以了。

用音乐煮文字

且让我先引用一段别人的文字。

这是一位写作同行,解析我的写作风格的:

丁立梅喜欢使用简短的句子,即使是非常复杂的意思,她也有特别的本领,化繁就简,避长就短,这使得她的文字字字珠玑,读起来如鸣佩环,有玉器相触的悦耳声。她选用的,多是色彩鲜艳的富有质感的字与词,就像一位讲究的建筑大师,对一砖一瓦的选择,都是精益求精的,不允许有一丝一毫的瑕疵。光有这些,还不足以成就丁立梅。她的思维是极其跳跃的,即使是在写"实",她也很少能围绕具体的"实"说上三句话,也许第二句话,甚至是一句话说到一半,她的思维已经从这朵云彩跳到了另一朵云彩上。她的想象是如此的丰富,令人目不暇接。读她的文字,思维要跟得上那些灵动的光怪陆离的意象。她的文字丰润而鲜活,有诗的意韵,却没有诗的晦涩和佶屈聱牙。

我自然知道,我的作品远没有他解析的那么好。但,我爱使用简短的句子,有时甚至是一个词,一个字,也能单独成句,像音符一样跳跃着,倒是被他及另一些读者,一眼看穿了的。

我说,我这是在用音乐煮文字。我的这句话,颇引起一些好奇。有记者采访时问我，你说你是在用音乐煮文字，到底是怎么个煮法？是一边开着音乐一边写作吗？

要回答这个问题，我得先聊聊我国的古典诗词。我国的古典诗词，是最讲究字与词的组合了。每一个字，每一个词，都含烟吐翠，跟一个一个的音符似的，是跳跃着的，是可以弹着唱着的。由这些字词所组成的句子，往往短小精悍，又极富韵律感，总让人情不自禁，要摇头晃脑地诵读出声。

文字和音乐，原是不可分的。从前的文字，都是要谱了曲子歌着的，像最古老的诗歌总集《诗经》，它本来就是一首首歌谣。到了汉乐府，那更是把民间的弹唱，引到文人雅士间，引到宫廷里。

唐诗宋词，也无一首不是歌着唱着的。大江东去也好，小桥流水也罢，每一个字词里，都含着音律。或敲着竹板，豪气贯天。或拨弄瑶琴，十指纤纤，歌喉婉转。如柳永的词，因其韵律婉约，在当时曾红遍大江南北，"凡有井水饮处，皆能歌柳词"。

之后的元曲——更是不用说了，人家本就是一折一折的戏，是演着唱着的。无论小令，无论散套，每每读到，你的耳边，都仿佛响着一支曲子，它让阅读成了极美的享受。

——聊到这里，我想，你大体应该明白了，我说的用音乐煮文字是什么意思了。也就是说，你的文字最好带点音律感，尽量短小些，跟音符一样的，跳跃着，轻盈着，飞扬着，使阅读者读你的作品，像是在欣赏一首美妙的曲子。这样的阅读，何其欢畅！

风居住的街道

《风居住的街道》是由日本的钢琴家矶村由纪子，和二胡演奏家坂下正夫共同演绎的一首曲子。整首曲子以钢琴作底子，二胡跳跃其上。它们似一对恋人，在音符之上，互诉衷肠。钢琴轻轻呢喃，如梦似幻；二胡热烈唱和，高山流水。二者完美地交融在一起，两两相望，地老天荒。

每隔一段日子不听，我会很想它，直至重新找了它来听，一颗心，才安定下来。这很像一个人嗜上某种美味，一些日子不吃，就想得心慌。我以为，美味慰藉味蕾，好的音乐，则慰藉灵魂。

第一次听它，是在办公室，一女孩的手机铃声设的它。那日，我在办公室里，正给桌上的一盆蟹爪兰浇水，女孩的手机突然响起来，这首曲子，一下子冒冒失失地撞进我的耳里来。我当即愣住，持水杯的手，停在半空中。我仿佛闻到老家的气息：村庄。田野。烟雨朦胧。小家屋檐下，雨滴在唱歌。滴答，滴答，滑落在搁在檐下的一只瓮上，滑落在长在檐下的一丛大丽花上。邻家少年撑伞而过，布衣青衫，笑容浅淡。五月的槐花，将空气染得蜜甜蜜甜的。

是暗暗喜欢着的。大人们之间开过这样的玩笑，让你家的梅丫头做我家的媳妇吧。母亲笑答一声，好啊。我在一边听着，信以为真。再遇到少年，眼神刚刚碰触到，我便羞涩地跑开了。风吹着少年的头发和衣衫，他的样子真好看。少年后来去了南方，我也离开家乡。经年后，再想起，

少年的模样，已不记得了，然风吹过的年少时光，却成了岁月里，

第四辑 文字的节奏　185

最柔软的温暖。

问那个女孩，这是首什么曲子？

女孩告诉我，它有个好听的名字，叫《风居住的街道》。女孩说，初听时，想哭。结果，真的痛哭了一场。

理解她。谁的往昔里，没有一个风居住的街道？她亦有。当年，她与他坐前后桌，在一个教室读书。窗外的桐花，一树一树地开。他在一张小纸条上写，喜欢我吗？我很喜欢你！她回他一个笑脸，算作默认。扭头望向窗外，风从街道那边吹过来，青春年少，花影飘摇。

我记住了乐曲名，回家开了电脑搜索。我下载了它，一遍一遍听。钢琴和二胡，交相辉映。风到底吹过谁的街道？城南旧事，纷至沓来。

我想起一个老先生。老先生八十岁了，在他生日那天，他执意要去一个小镇看看。孩提时，他曾从家里坐船，越过宽阔的水域，到达那个小镇去上学。六七十年过去了，他越来越想念当年的街道，路上铺着碎砖，银杏树东边一棵，西边一棵。他有个同学，绰号叫癞子，因为那个同学头上生很多癞疮。癞子跟他最要好，把母亲烙的玉米饼，偷拿出来，带给他吃。和他一起爬上银杏树，坐在树上，垂下双腿，在空中摇晃。

老先生如愿到达那个小镇。当年的小镇，已彻底变了模样。老先生寻不到他的学校，寻不到他的街道，寻不到他的银杏树。却一遍一遍告诉身边的人，这里，曾是一座山墙，我和癞子在上面画过画。这里，就是当年长银杏树的地方，我和癞子曾坐在上面学过鸟叫……往昔对他来说，隔得遥远，却从不曾走丢。

人的一生中，走不丢的，唯有青春年少。

梅子的话

　　我在写作前,喜欢先听一会儿音乐。音乐能洞开人的灵魂,能使人在一瞬间安静。

　　我在文字里,往往贯穿着我听音乐时的感受。我手底下的每一个字,每一个词,仿佛就幻化成了一个一个的音节。我爱用短句,我喜欢它们像音符一样飞扬。

　　我以为,写作与阅读,都应该是种享受。让文字浸染在音乐中,使之更富有韵律感、节奏感,这样的文字,无论对于写作者来说,还是对于阅读者来说,都是极其愉悦的。

静水流深

读汪曾祺先生的文章，无论是他的小说，还是散文，都能让我在瞬间想到一个词：静水流深。

是的，静水流深。他的文字，不华丽，不生僻，不惊艳，不喧闹，只如那山间溪流一般，缓缓地流。然日影天光，星辰月色，四季轮换，哪一样，不包容其中？你一旦深入进去，方知平静的水面底下，原是暗流潺潺，丰沛深厚。

他的文章，大多写的是故里的风土人情。那些寻常物事，他都用寻常口吻一一道出，一字一字，轻轻落下，痕迹轻浅。初读，味道真淡，淡如一杯白开水。再读，却咂摸出滋味来，直在你的唇齿间荡着，让你回味无穷。是用那文火细熬慢炖出的骨头汤，大补。即便他在讲一个九曲回肠的故事，你也丝毫看不到一点点歇斯底里悲痛欲绝。如他的小说《晚饭花》，里面写一个少年李小龙，暗暗喜欢上像晚饭花一样美好的姑娘王玉英。每日黄昏，他从她家门前过，看到晚饭花，和坐在晚饭花旁边做针线活的她，觉得那是一幅画，是属于他的黄昏他的画。然而不久后，王玉英却嫁给了不良子弟钱老五，他日日走过的小巷子里，再看不见王玉英了。在文章的结尾处，汪老是这样写的：

晚饭花还在开着。

李小龙放学回家，路过臭河边，看见王玉英在钱老五家门前的河边淘米。

只看见一个背影。她头上戴着红花。

李小龙觉得王玉英不该出嫁，不该嫁给钱老五。他很气愤。

这世界上再也没有原来的王玉英了。

小说就这么戛然而止，淡的口吻，淡到极致。却让人掩卷沉思，久久回不过神来。想着少年李小龙后来的成长中，是不是还会忆起这个王玉英。想着王玉英的婚后生活，她头上的那朵红花，还能鲜艳几时。她会幸福吗？俗世生活，是这么真切，诸多寻常之人，只不过是其中的一粒沙，风扬到哪里，就落在哪里。

——这才叫会说故事。我们的写作，离不开说故事。但我们通常却容易犯着一个错，我们往往说着说着，就情绪化起来，要发表一通议论，要加上自己的主观思想，要发泄自己的难过不安，或是悲伤激愤。这时候，恨不得把所有带感情的词语，都尽数搜刮而来，用到故事里去。下笔千斤，力透纸背。似乎不这样不足以表达故事的曲折感人，不足以惊天地泣鬼神。事实上，越是这样，传递给读者的感动，越是弱化了。就像一盘炒菜，佐料添放得太多了，火候太大了，反倒使食物失了原味，变得面目全非。

链接文章

打碗花的微笑

那年，我念初中一年级。学期中途，班上突然转来一个女生。女生梳两根长长的黑辫子，有张白果似的小脸蛋，精巧的眼睛、鼻子和嘴唇，镶嵌其上。老师安排她靠窗坐。她安静地翻书,看黑板,姿势美好。窗外有桐树几棵,树影倾泻在她身上,波光潋滟。像一幅水粉画。

我们的眼光,总不由自主转向她,偷偷打量,在心里面赞叹。寡淡如水的乡村学校生活,因她的突然撞入,有了种种雀跃。说不清那到底是什么,我们就是那么高兴。

她总是显得很困。常常的,课上着上着,她就伏在课桌上睡着了。两臂交叉,头斜枕在上面,侧着脸,闭着眼,长长的睫毛,像蝶翅样的,覆盖在眼睑上。外面一个世界鸟雀鸣叫,她那里,只有轻梦若纱。

这睡相,如同婴儿一般甜美,害得我们看呆过去。老师亦看见了,在讲台前怔一怔。我们都替她紧张着,以为老师要喝骂她。平时我们中谁偶尔课上睡着了,老师都要喝骂着来的。谁知那么严厉的老师,看见她的睡相,居然在嘴边荡起一抹笑。老师放轻脚步,走到她跟前,轻轻推一推她,说,醒醒啦。她一惊,睁开小绵羊般的眼睛,用手揉着,冲老师抱歉地笑,啊,对不起老师,我又睡着了。

我们都笑了。没觉得老师的做法,对我们有什么不公。在她面前,老师就该那么温柔。我们喜欢着她,单纯地,暗暗地。就像喜欢窗外的桐树,喜欢树上鸣唱的鸟儿。

有关她的身世,却悄悄在班上传开。说她爸爸是个当大老板的,发达了之后,遗弃了她妈妈。她妈妈一气之下,寻了死。她爸爸很快娶了个年轻女人,做她后妈。后妈容不下她,把她打发回老家来念书。

这到底是真是假,没有人向她证实过。我们再看她时,就有了好奇与怜悯。她却没有表现出多少的不愉快来,依旧安静地美好着。跟班上同学少有交集,下了课就走,独来独往。我们的目光,在她身后追随着。她也许知道,也许不知道,依然走着她的路。

偶一次，我与她路遇。那会儿，她正蹲在一堵墙的墙脚边，逗着一只小花猫玩。黄的白的小野花，无拘无束的，开在她的脚跟边。看见我，她直起身来，冲我点点头，笑，眼睛笑得弯弯的。我们同行了一段路，路上说了一些话。记不得说的什么了，只记得，她讲一口流利的普通话，声音甜脆。田野里有风吹过来，色彩是金黄的，很和煦。是春天，或是秋天。天空下，她微笑的样子，像一朵浅紫的打碗花。

后来的一天，她却突然死了。说是病死，急病。一说是脑膜炎。一说是急性肺炎。她就那么消失了，像一颗流星划过夜空。靠窗边她的课桌，很快撤了。我们一如既往地上着课，像之前她没到来时一样。

好多年了，我不曾想过她。傍晚时，我路过一岔路口，迎面走来一个女孩，十二三岁的模样。女孩梳着现时不多见的两根长辫子，乌黑的。女孩很安静地走着，我一下子想起她，想起了那打碗花一样的微笑。

梅子的话

我曾跟一个写作的朋友说过这样的话，我们写文章，切忌太用力，力用大了，反倒适得其反，会弱化故事本身的感染力。

所以，当你说故事或描述一件事物时，不妨放松一些，再放松一些。来，我们坐下来，身子前倾，再坐得靠近一点，就那么随便地聊聊吧。让读者的情绪，跟着你平静的叙述，一波三折，心潮起伏。这样，所达到的效果，远比你独自的声嘶力竭，要强烈得多。

第四辑 文字的节奏

虚与实

秋来。雨下。夜便有凉意浸身。人愣一愣神，也始才惊觉，哦，夏真的已转身而去。

光阴，总是这样的不知不觉，一回首，已是从前。

是七八年前吧，也是这样的季节变换之际，朋友胡给我电话，让我写一篇征文支持他。那时候，他还在一家晚报做编辑，负责编辑副刊。当时副刊版搞了个征文，是以"女人"为话题的。

我就随手写了篇《萝卜花》给他。

让我意想不到的是，《萝卜花》发表后，引起了一阵小轰动。先是获得那次征文比赛一等奖。随后被多家报刊转载，获得全国报纸副刊好作品银奖。有地方电视台联系我，要到我的小城，采访《萝卜花》中的女主人公。

有这个女人存在吗？——自然有。

我上下班的路上，要经过一个旧的巷道，有年轻女人在那里摆摊卖小炒，外地来的。我留意她很久了。她模样清秀，衣着干净整洁，还说一口糯软脆甜的普通话。偶尔的，我也去问她买一份小炒，闲闲地，跟她聊两句。

我的《萝卜花》里，有她的部分影子，但又不全是她。比方说，不幸。她的生活里，并没有那样的不幸。那是另一个女人的。女人有点智障，整天笑嘻嘻的，靠捡垃圾为生。某天，我突然听人说，这个女人不离不弃照料着在建筑工地上摔伤的男人，男人瘫痪在床。我真的是既震惊，又感动。

还有另外的女人的影子，比如，菜场里卖鱼的那个女人。生活困顿，她每日里却在唇上抹两道鲜艳的口红；比如，公交车上售票的那个女人，她有个患孤独症的孩子，我在她身上，却看不到一点点颓废……我把这些女人的一部分特征，挪到一个女人身上去，让"她"代表她们说话，让她们合成一朵萝卜花。生活总给人设置重重困厄，只要迈过去，前面就是个天。

这也正是我们在写作中，常常要提及的一种表现手法：虚构。我们的生活经验毕竟有限，不可能事事亲力亲为。我们所遇到人也很有限，不可能每个人都能成为我们笔下的典型。这就要求我们能够借助于"虚构"，创造出一个新的生命新的典型来。

所谓创作，是源于生活，又是高于生活的。而虚构，就是横跨在生活与作品间的最好的桥梁。它既真实地反映了现实，但又不完全等于现实。俄罗斯作家托尔斯泰，曾对写作中的"虚构"说过这样一段话：

假如直接根据一个什么真人来描写，结果根本成不了典型，只能得出某个个别的、例外的、没有意思的东西。而我们需要做的恰恰是从一个人身上撷取他的主要特点，再加上我所观察过的其他人的特点，那才是典型的东西。

从他的话里面，我们可以得出这样两层意思：

一、要塑造好典型的人物，必须借助于虚构。

二、虚构不是无中生有，凭空而来，它是来自于现实世界中的。只不过，它不一定发生在一个人身上，它已经融合了写作者的想象，把一些人的特征和事例，综合在一起，加到一个、或某几个人的身上去，却高度概括地、逼真地反映着我们的现实世界，引起读者的强烈共鸣。

萝卜花

萝卜花是一个女人雕的,用料是胡萝卜,她把它雕成一朵一朵月季的模样。花盛开,很喜人。

女人在小城的一条小巷子里摆摊,卖小炒。一个小气罐,一张简单的操作平台,木板做的,用来摆放锅碗盘碟,她的摊子就摆开了。她卖的小炒只三样:土豆丝炒牛肉,或炒鸡肉,或炒猪肉。

女人三十岁左右,瘦,皮肤白皙。长头发用发夹别在脑后。惹眼的是她的衣着,整天沾着油锅的,应该很油腻才是,却不。她的衣服极干净,外面罩着白衣。衣领那儿,露出里面的一点红,是红毛衣,或红围巾的红。过一会儿,围裙有些脏了,袖套有些脏了,她就换下来——她每天备着好几套。

很让人惊奇且喜欢的是,她每卖一份小炒,必在装给你的碗里,放上一朵她雕刻的萝卜花。"这样才好看。"她说。

不知是因为女人的干净,还是她的萝卜花,女人的摊前总围满人。五块钱一份小炒,大家都很耐心地等待着。女人不停地翻铲,而后装盘,而后放上一朵萝卜花。于是,一朵一朵的萝卜花,就开到了人家的饭桌上。

我也去买女人的小炒。去的次数多了,渐渐知道了她的故事。

女人原先有个殷实的家。男人是搞建筑的,但不幸从尚未完工的高楼上摔下来,女人倾尽所有,才抢回男人的半条命。

接下来怎么过日子?年幼的孩子,瘫痪的男人,女人得一肩扛一个。她考虑了许久,决心摆摊卖小炒。有人劝她,街上那么多家饭店,你卖小炒能卖得出去吗？女人想，也是，总得弄点和别人不一样的东西。于是她想到了雕刻萝卜花。当她静静坐在桌旁雕着时，渐渐被自己手上的美好镇住了，一根再普通不过的胡萝卜，在眨眼之间，竟能开出一小朵一小朵的花来。女人的心，一下子充满期待和向往。

就这样，女人的小炒摊子摆开了，并且很快成为小城的一道风景。下班了赶不上做菜的人，都会相互招呼一声，去买一份萝卜花吧。就都晃到女人的摊前来了。

一次，我开玩笑地问女人："攒多少钱了？"女人笑而不答。一小朵一小朵的萝卜花，很认真地开在她的手边。

不多久，女人盘下一家酒店，她负责配菜，瘫痪的男人被接到店里管账。女人依然衣着干净，在所有的菜肴里，依然喜欢放上一朵她雕刻的萝卜花。"菜不但是吃的，也是用来看的呢。"她说，眼睛亮着。一旁的男人，气色也好，没有颓废的样子。

女人的酒店，慢慢地出了名。大家提起萝卜花，都知道。

生活，也许避免不了苦难，却从来不会拒绝一朵萝卜花的盛开。

梅子的话

写作，是离不开虚构的。而虚构，又是紧紧与现实联系在一起的。它是在现实的土壤上，开出的花朵。

所以，我们还是要扎根于现实的土壤，观察、收集、整理、综合，让我们的素材库里，有取之不竭的原料，再经过我们的加工，成为我们笔下的典型。当你的故事让他人读着，能够有所触动，并信以为真，你的写作，算是成功的了。

恰如其分

汪曾祺回忆他在西南联大读书时，沈从文给他们上创作课。沈先生不大会讲课，声音小，湘西话口音也重，且讲课是没有讲义的，完全是率兴而为。他记得沈先生经常喜欢说的一句是：要贴到人物来写。好多学生听得云里雾里，搞不明白。汪曾祺却对沈先生这句无头无尾的话，进行了一番颇有意思的解读。在这里，我不妨引用一下：

在小说里，人物是主要的，主导的，其余的都是次要的，派生的。作者的心要和人物贴近，富同情，共哀乐。什么时候作者的笔贴不住人物，就会虚假。写景，是制造人物生活的环境。写景处即是写人，景和人不能游离。常见有的小说写景极美，但只是作者眼中之景，与人物无关。这样有时甚至会使人物疏远。即作者的叙述语言也须和人物相协调，不能用知识分子的语言去写农民。

无论是沈先生说的"要贴到人物来写"，还是汪先生的一番解读，我以为，都不外乎四个字：恰如其分。也就是说，你笔下的人物，其语言、神态、行为举止、处世方式、心理活动、所处环境等等，都要与人物的身份相配。这样，才能使人物的形象鲜活真实，使读者信服。

《红楼梦》里，曹雪芹描写林黛玉的外貌，用了这么一段话：

两弯似蹙非蹙罥烟眉，一双似喜非喜含情目。态生两靥之愁，娇袭一身之病……娴静时如姣花照水，行动处似弱柳扶风。

如此的外貌和神态的刻画，使林黛玉的洁净出尘、柔弱、美丽、多愁善感跃然纸上。这样一个林黛玉，住在潇湘馆，对风吟月，伤感落泪；或是扛着花锄，去葬桃花，当是适宜。还有说出那样的话，我只为我的心。这也是林黛玉。若是让她如史湘云一般，大口啖肉，花下醉卧，豪气地说出真名士自风流，怕是要生硬得令人瞠目。那样的林黛玉，也就不是林黛玉了。

人是这个社会的主体。我们在创作中，自然是离不开人的。你笔下的人物形象丰满与否，真实与否，完全取决于"恰如其分"。不过分夸大，不过分缩小，不刻意修饰，不玩文艺腔。花有花的模样，草有草的姿态，树有树的挺拔，蓝天和大地，又是有所区别的。你的笔触，只要真实的贴近它们就行。你把五大三粗一汉子，描写成樱桃小口，再加弯弯的眉毛，那就不恰当了；你把可爱的孩子，描写成粗眉大眼笑声爽朗，也是不恰当的。到哪山唱哪山的歌，什么样的人，会有什么样的语言来相配。山村里，大字不识一个的妇人，她会告诉你四时衣物次序，但她吟诵不了《诗经》。在城里长大的孩子，不知葱、蒜的分别，这很正常。捡拾垃圾穿得破烂的老人，少有养得白白胖胖的。书香门第出来的人，纸墨渲染，身上总会带点书卷气。

如我在下文中，写到做烧饼的姚二夫妇，我恰如其分地描写了他们，让他们的神态举止、行事方式，完全与那条古老的巷道相融在一起。

链接文章

姚二烧饼

早上起来,突然想吃烧饼了,姚二烧饼。

姚二烧饼出名,小城里,好多人都知道。那是伴着一代人成长的。有孩子长大了,去外地工作,回忆家乡的味道,少不了要说说姚二烧饼。"想吃啊。"他们说。半夜里爬上微博发图,画饼充饥。

是条很古旧的居民巷子。小城里,原来有好多这样的老巷道,都铲除掉重建了,唯独这条巷道,还保留着。两边的房,高不过两层,大多数是平房。一家挨一家,密密匝匝。这家炒菜那家香,那家说话这家应,真个是和睦又亲厚。我从那里走过,常恍惚着,以为掉进了旧时光。

姚二烧饼店就在这条老巷子里。很小的门面,墙体灰不溜秋的。屋上的瓦,也是灰不溜秋的。门口搭一遮雨棚,烧饼炉子就摆在那雨棚下。等烧饼的间隙,人站在店门口往里看,里面幽深幽深的,跟口老井似的。有一对眼珠子,突然蓝莹莹地看过来,是只大白猫。都十多岁了,老了。它蜷缩在一张凳子上,如老僧打坐般的,看门口的人,眼神儿透亮透亮的。一张案板,从门口一直延伸到里面。姚二夫妇和面做饼,都在这上面。上面有时还搁着大把大把的葱,肥肥的,绿绿的。

人贪恋那口旧旧的味道。纯手工的,手工擀皮子,手工剁馅,手工贴炉,任炉火慢慢烤着,烤得两面焦黄。烧饼刚出炉时,一股子麦子和芝麻的浓香,不由分说钻进你的五脏肺腑,热烈得有点火辣辣的。为了那口香,他们的烧饼店门口,便常站着不少在等烧饼出炉的人,等多久都愿意。

等的人有时跟姚二夫妇搭话:"姚二,你家生意真好啊。"姚二的女

第四辑 文字的节奏

人听了，冲说话的人笑一笑，手里的活，没有慢下一点点。姚二则抬一抬眼皮，回道："还凑合吧，承蒙大家关照。"手里的活，也不见慢下一点点。

夫妇二人，都四五十岁了。长相颇相似，胖胖的，敦厚着的。是日子过得很四平八稳的模样。姚二是从十六岁起，就在这儿摆上了烧饼炉子，之后，一直没挪过地。他结婚后，女人加入进来。夫妇二人起早带晚，做的烧饼，还是不够卖。

有人建议他们，找两个帮手，把店铺再扩一扩。姚二慢言慢语回，不用了，就这样蛮好。

的确，就这样蛮好。好多人都习惯了"就这样"。走过路过，看到他们夫妇，一个在案板上擀皮子，一个在包馅儿，也听不见他们言语什么，大白猫独自蜷在一旁打瞌睡。始觉尘世的寻常里，有香，有静，有稳妥，有相守。没有人介意那店铺的窄小，介意那墙壁和屋上瓦的灰不溜秋，几天不吃姚二烧饼，就很有些想了。

如我这般，一大清早起来，穿过大半个小城，奔了去买。然不过两个星期未见，那黑不溜秋的木门上，已贴上通告一张：姚二烧饼，从今天开始谢幕。谢谢大家多年来的关照。姚二。下面签着年月日。

旁有邻人，看着发呆的我说："每天都有不少人来跑空弯子。唉，关了，不做了，大前天就关了。"我怅惘伫立良久，方才慢慢走回。半路上不住回头，为什么就关了呢，为什么呢？

过几天，不死心，我复跑去看。那里的门面，已全被推翻掉，在重新翻盖和装修。据说要开一家化妆品店了。

梅子的话

要使你笔下的人物能够恰如其分，需要的是细致入微的观察。

在这方面，我做得算是比较好吧。我从来不会错过任何一个能够观察的机会。外出旅游，我看得最多的，不是景，而是人，是景中的人。上下班，我能够选择步行的，绝不乘车。因为，我可以一边走，一边看人。看街道两边我熟悉的那些陌生人。他们各有各的神态，各有各的悲欢离合。

以人为镜，才能照见这个世界最本质的活。

第五辑

意境，
在音声之外

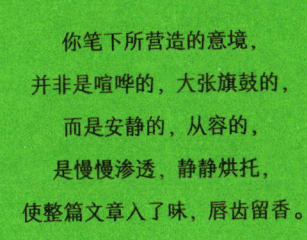

你笔下所营造的意境，
并非是喧哗的，大张旗鼓的，
而是安静的，从容的，
是慢慢渗透，静静烘托，
使整篇文章入了味，唇齿留香。

让事物在描摹中鲜活

我曾说过,写字如同作画,一个是用线条勾勒,一个是用文字涂抹。这是绘画与写作的相通之处。

要想作出一幅让人为之惊艳的画,先决条件不可少——好的画布,好的画笔,还要精选各种颜料。然仅有这些还远远不够。这握笔作画的人,得懂布局,懂色彩搭配,懂线条走向,还得读懂事物的性灵。

对,性灵。万事万物都有性灵,所以你是你,他(她)是他(她)。只有抓住事物的性灵,才能抓住事物的本质和特征,于是日月星辰,山川河流,花鸟鱼虫,各个认取自己的模样。

好的画家,能把事物画活了。传说一个叫孙知微的人,擅画水。某日,他被请去寺庙里画水。画毕,四壁但见海浪滔滔,汹涌澎湃,呼之欲出。众人吓得躲到庙外,隐隐的,还听到浪涛怒吼之声。

——这当然有些夸张了。不过好的画,的确是活的。记得小时,家里的土墙上贴一幅仕女图,不知作画何人。那仕女眼睛明亮,睫毛很长,嘴角边有一梨涡,她笑微微地站在一架花藤下,衣袂被风吹起,动感十足。我晚上睡觉,在昏黄的灯光里看她,老疑心她会走下来。

写作也是一样的道理。好的文章,会让人如临其境,如闻其声,身同感受,这就要看作者描摹的本事了。如同作画者一样,你得懂文字布局,懂文字搭配，懂文字走向，懂文字的舒缓轻重。说到底，就是要掌握事物的性灵，找到事物与众不同的一面，让事物在文字中呈现千姿百态。只有这样，你写出的文章，才具有动感和美感。

如下文中，我写的菊花。这被众人写滥的花，我却描摹出它的另类性灵——

谁想到呢，它的花萎了，叶萎了，心竟是活的。它揣着这颗心，落地生根，不声不响地，勤勤勉勉地生长。最终，它不单自己活了下来，还子孙满堂的样子，——去冬不过一小瓦盆的花，今秋已繁衍成一大丛了。

在写到它的模样时，我也避开了单纯赞赏它的美，而描摹了它的活泼，让美具有了立体感——

他的菊，如同被惯坏的孩子，正满地打着滚，撒泼似的，把些紫的、红的、白的、黄的颜色，泼洒得四处飞溅。哪一朵，都是硕大丰腴的，都上得了美人头。

这么一来，我的菊花，就不是躺在文字里，而是开在文字里了，朵朵鲜活。

菊事

去冬，我把一盆开过花的菊，随手丢弃在屋旁，连同装它的瓦盆。

屋旁有巴掌大的空地，没人理它，它便自作主张地在里面长婆婆纳，长狗尾巴草，长车前子，长蒲公英，还长荠菜。我挑过一回荠菜，满像那回事的，把一份野趣挑进篮子里。后来，这一小撮荠菜，被我切碎了，烙进糯米饼里。饼烙得点点金黄，配了糯米的糯白，配了荠菜的嫩绿，不用吃，光看看，就很享受了。咬一口，鲜透牙。很是感动了一回，有泥土的地方，总会生长着我的故乡。

现在，这块地里，多出一大丛的菊来。是被我丢弃的那一盆。谁想到呢，它的花萎了，叶萎了，心竟是活的。它搂着这颗心，落地生根，不声不响地，勤勤勉勉地生长。最终，它不单自己活了下来，还子孙满堂的样子，——去冬不过一小瓦盆的花，今秋已繁衍成一大丛了。它让我想到柳暗花明，想到天无绝人之路，想到苦尽甘来，只要心没有死，总有出头之日的。

风一场，雨一场，秋季翻过，已是冬了，它还没开够，朵朵灿烂。满世界的萧条，唯它，一簇新亮，是李商隐诗里的"融融冶冶黄"，是童年乡下屋檐下的那抹明黄，打老远就看得见。路过的人，有的站着远远瞅。有的看不过瘾，走近了细细瞧。一律的惊叹，好漂亮的花！它倒是沉得住气，面对众人的赞赏，不动声色，不慌不忙地，只管把好颜色往外掏。一瓣金黄，再一瓣，还是金黄。如历尽世事的女子，参透人生无常，倒让自己有了一份坚守，那就是，守住自己，守住心。所以，冷落也好，繁华亦罢，它都能安然相待，不急不躁。

孤寡老人程爹，在小区的小径旁长菊。小径旁的空地，原是狭长的一小块，小区人家装修房子，把一些碎砖碎玻璃倒在里面。路过的人都小心不去碰触，以免被玻璃划伤了。连调皮的小猫，也绕着那块地走。老人清理掉碎砖碎玻璃，在里面长青菜和菊。几棵青菜，几朵菊花。再几棵青菜，几朵菊花。绿配紫，绿配红，绿配白，绿配黄，小块的地，让人看过去，竟有花园般的感觉。

　　这些天，老人除了吃饭睡觉，几乎都围着他的菊在转。我上班时看见他，下班时还看见他，背着双手，很有成就感地在小径上漫步，来来回回。一旁，他的菊，如同被惯坏的孩子，正满地打着滚，撒泼似的，把些紫的、红的、白的、黄的颜色，泼洒得四处飞溅。哪一朵，都是硕大丰腴的，都上得了美人头。

　　天冷，菊越发的艳丽，直艳到人的心里去。小区的人，每日里行色匆匆，虽是久住，彼此却毫不关己地陌生着。而今，因了这些菊，一个个舒缓了脚步，脸上僵硬的线条，渐渐柔软起来。话搭话地闲聊几句，说着花真好看之类的。或者不聊，仅仅站着，看一眼菊，相互笑笑，自有一份亲切，入了心头。再遇见，便是老相识了。清寒疏离的日子，因菊，变得脉脉温情。

梅子的话

要做到文字描摹得当，首先，在平时，要训练自己的敏感。多观察多思考肯定没错，观花是花，亦不是花。观月是月，亦不是月。

第五章　意境，在音声之外

这里面，借助了想象，寄托了你的个人情感。

其次，还要精于文字的搭配。作画时，颜料的搭配很重要。藤黄配花青，用来涂抹绿叶最好。花青加曙红，或是藤黄配赭石，用来显示花瓣的气质最好。文字亦如此，不同的搭配，会营造出不同的意境。有时，某段文字组合，也许是神来之笔。

以我手，写我心

辛弃疾有首出名的词《丑奴儿·书博山道中壁》：

少年不识愁滋味，
爱上层楼。
爱上层楼，
为赋新词强说愁。

而今识尽愁滋味，
欲说还休。
欲说还休，
却道新凉好个秋。

他是在感慨人生渐秋，心境已老，愁肠百结，说也说不了的，只能一任那秋凉浸身，无语相向。

少年却不是这样的，少年是一枝新鲜的笋，有着大把的光阴，慢慢儿品尝人生这杯酒。年少的心，却等不及，急不可耐地朝着春风里长，恨不得能在一瞬之间，就把一生都品完。

他们写起文章来，也就往往表现得急不可耐，明明还稚嫩着，偏要把自己的笔调，伪装得很成熟，以为世事都看透，弄得又深沉又悲伤。似乎不那样，文章就不足以离奇曲折，就不足以婉转优美。明眼人却是一眼就看出来，那是装的。因为，再高明的伪装，也是装，它会处处显得不自然和生硬，与他们的年纪格格不入。这样的文章，除了矫情之外，哪里还有动人的地方？

常有这样的孩子，给我发来他们的习作。我承认，有的文字，的确够绮丽、够惊艳、够飞扬，文笔也是较丰满的，但我读着读着，总觉得有些不对劲。且看他（她），通篇全是愁啊怅的，落叶纷飞，几年离索，是要拿眼泪浸泡着的。这样的文章，光鲜是光鲜了，却华而不实。让你觉得，他（她）是把别人的文字，移植到他（她）的文章中来了，情境、语境和心境，却完全的不合拍。是一双二十码的儿童脚，偏偏穿了四十码的成人鞋。真正是一点趣儿也没有的。

不可否认，有些少年自然天成，文采斐然。历史上，文学的神童也是有的。他们早早就参透世事，阅历与学识都高人一等。但对于大多数、绝大多数孩子来说，都是寻常的呀。你的阅历与学识，跟你的年龄相称，你没有那么多家仇国恨，你没有那么多离情别绪，你也没有那么多曲折离奇，你又哪来那么多的对风落泪，对月感怀？

有孩子问我，梅子老师，那么，你说，怎样才能把一篇文章写得真实生动呢？我说，以我手，写我心，莫要为赋新词强说愁。换句话讲，也就是你所写的，要是你所知所感所得的，你的笔，要跟着你的心走。你身边的那些小事件、小人物、小感动、小幸福、小欢喜，有时也有小悲伤，你都不要视而不见。只有这样，你才能以真实的自己去面对，去感触。你的文字，也才会有血有肉，也才有可信度。

我曾给一个孩子的一本小书写了篇序。十三四岁的孩子，热爱文学，写了足有百十来篇文章，能出一本小书。那些文字，成熟得让我惊叹，缠绵悱恻，哀婉凄楚，里面多的是江南烟雨，点点离人愁。——这，肯定不是她自己的个人体验，美则美矣，却缺少了一颗"心"，一颗她自己的"心"。说得不客气一点，这是一堆儿没有灵魂的作品。所以，在序中，我这样写道：

孩子，你且慢些走，慢些走，一路的如花似锦，你且慢慢描。

是啊，你急什么呢？你要写与你年龄相称的文字才是，尽量让它们活泼些，再活泼些。未来的路，还很长。如果你不放弃对文学的爱好，你的文字，将陪着你，一一抵达那些悲欢离合。

链接文章

清欢

拔茅针

春天来的时候，大地在一夜间换了新装。绿，绿不尽的绿。

河边的白茅们"唰"的一下，探出尖尖的小脑袋来。

我们去拔茅针，那是春天馈赠给孩子们的零食。

茅针其实是白茅的嫩芽，形似针状，剥开来，里面是又白又嫩的瓤。丢进嘴里，水汪汪、甜滋滋的。

那时我尚不知，这种好吃的天然的零嘴儿，是从远古的诗经年代一路走过来的。"静女其娈，贻我彤管。"春暖花开的时节，美丽的牧羊女，去见约好的小伙子，拿什么做礼物好呢？她踯躅半晌，最后聪明地，拔了一把茅针带给他。

小伙子当然心领神会，他心花怒放，收下茅针当珍宝。"匪女之为美，美人之贻"，——不是这茅针有多好，实则因为，它是心爱的姑娘赠送的啊。

真正是没有比这个更适合做礼物的了。民间爱恋，原是这等朴素甜蜜，野生野长着，却自有它的迷人芳香。

后来读到范成大写的拔茅针的诗："茅针香软渐包茸，蓬藟甘酸半染红。采采归来儿女笑，杖头高挂小筠笼。"

无论沧海桑田如何转变，这俗世的活法儿，却如出一辙，生生不息。

我们带上的却不是小筠笼，而是猪草篮子，很大个儿的。猪草篮子早就被搁到一边去了，我们拔呀拔呀拔茅针。肚子吃得溜圆了，吃得不想再吃了，还是拔；把全身上下的衣兜都装满了，还是拔！可见，人生来都是贪的。那满地的茅针，哪里就拔得完呢！就算拔回家去，多半也被扔了。我奶奶说吃了过夜的茅针会耳聋，又说茅针放在家里过夜，会引了蛇来。

我偷偷试验过，把茅针藏在枕头底下，却没有耳聋，亦没有蛇来。我很高兴。原来，大人的话，也不能全信的。

染指甲

我们种凤仙花，是为了染指甲。

凤仙花好长，种子掉在哪里，哪里就能长出一大片，你追我赶地长，一心一意地长。

我家屋角后，每年都有成片成片的凤仙花冒出来。也无须特意播种——乡下的花，少有特地播种的。风一吹，你家的花跑到我家来了，我家的花跑去你家了。也有鸟儿来帮忙，把花种子衔去到处扔。有时，你在废弃的墙头，看见凤仙花、鸡冠花，或是一串红了。你也可能在哪个沟渠里，发现了凤仙花的影子。你不必惊讶，乡间的花，原是长了脚的。

凤仙花开的时候真有些壮观呢，红的，黄的，白的，紫的，像落了一地的小粉蝶，吵嚷得厉害。我们不懂赏花惜花，只管把那些花啊叶子啊，摘下来，捣碎，加了明矾，搁上几个时辰，染指甲的原料就算制成了。

天热，晚上屋子里闷，大人们也都要在外头纳凉。虫鸣喁喁，闲花摇落，星子闪亮，静下来的时光，总让人生出好脾气。我妈和我奶奶，难得地坐到一起，一边摇着蒲扇，一边话搭话地说些碎语。我和我姐去挑了肥圆的黄豆叶子，让我奶奶给包住染红指甲。我妈兴致上来了，也会帮我们包。

捣碎的凤仙花，敷在我们的指甲上，上面盖上黄豆叶子，用棉线紧紧缠绕了。一夜过去，手指甲准变得红艳艳的。

刚包好的手指甲沉甸甸的，偏偏蚊子来叮，手却搔不了痒，急得双脚直跳，却舍不得弄脱缠好的指甲套。我奶奶或我妈，这时会笑着来帮忙。

露水打湿了头发，夜已渐深，却迟迟不肯进屋去睡。小心儿里，也有了贪，希望这样的静好清欢，能够地久天长。

小人儿书摊

偶尔上一趟老街，我这枚吃货最大的乐趣，竟不是吃，而是看小人儿书。

也只老街上才有小人儿书的书摊。一棵大槐树底下，斜撑着简易的木板子，上面拴着一只只口袋，里面塞满小人儿书。贰分钱可借一本看。

袋子里的硬币，从大过年时就开始攒着，为的是到老街上一饱眼福。

许多的字，不识。不要紧，看着图画，边蒙边猜，也是看得津津有味的。街角喧闹，那一方地儿，是个宁静的岛屿。

有孩子口袋里没钱，在小人儿书摊旁边转。看向小人儿书的眼神，像看向一大堆美食。守摊的中年男人真是硬心肠，他挥手赶那孩子走，"去，去，去！"像赶偷食的鸡。没钱别想看他的小人儿书，你再求也没用。

一次，有小孩儿趁他不注意，抓起两本小人儿书就跑。待到中年男人反应过来，他已跑进人群中去了。中年男人追了几步，没追着，嘴里骂骂咧咧的。回头，对他的小人儿书摊看得更严了。

我为逃跑了的小孩儿感到高兴。他拥有两本小人儿书了，那是完全属于他的，他想什么时候看，就什么时候看。他想坐着看，就坐着看；他想躺着看，就躺着看。真好。我心里萌生出这样的愿望，等我长大了，我也要摆一个小人儿书摊。所有的小孩儿都免费看，想看哪本就看哪本，想看多久就看多久。

簪菊

我姐没事的时候，喜欢装扮我。

衣裳也就那几件，是没办法替换的，头发却可以随意摆弄。

我姐在我的头发上花大功夫，要不把它辫成许多根小辫子，要不把它卷起来。

家里土墙上贴着一张仕女图，上面有女子云鬓高绾，簪着菊花一朵朵。我姐突发奇想，要给我梳那样的头。

菊花是不缺的，屋后的河边，想采多少就有多少，想采什么颜色，就有什么颜色。那里，一年四季，几乎都活跃着小野菊们嬉戏打闹的身影。

我们很快采得一大把，红黄橙白紫，五彩纷呈。

我姐照着墙上的画，给我绾头发，在上面横七竖八插满野菊花。

我顶着这样的头，跑出去。从村子东头跑到西头，再从南边跑到北边。沿途无人不惊奇观望，笑叹："瞧，那小丫头的头！"

若干年后，我听到一首歌，歌里这样唱道："醉人的笑容你有没有，大雁飞过菊花插满头。"我的眼泪一下子涌了出来，觉得那是在唱我的少年。

梅子的话

年少时，我很爱摘抄那些忧伤的诗句，吟诵得一颗心，落满三更雨，滴答，滴答，滴不完地滴着。所以，落到纸上，那个惆怅，那个凄楚，哀伤得叫人心碎，仿佛自己是在苦水里泡大的。

现在回头看从前的文字，自己都忍不住要笑。它们一个个戴着面具似的，根本看不清谁是谁。又焉能给他人留下印象，又焉能打动他人？做人要不伪不装，清清爽爽。写文章亦是。唯有如此，才能让你的文字，更靠近你的灵魂。

第五章　意境，在音声之外

意境，
在音声之外

刚刚还是阴霾天，这会儿，太阳突然冒出来了，整个世界，一片光华灿烂。阴暗与明媚的转换，原是如此迅速，不落痕迹。

我对着窗，在写字板上敲字。窗外泊着几朵阳光，白绒球儿似的。鸟的叫声，响在不远处，在人家的屋后面，在那几棵杉树上。

我知道那几棵杉树，长在小径旁，笔直的枝干，直指天空。上面密布着细碎的叶子，在季节里，绿意弥漫。某天月夜，我打那儿过，看到树梢头，挂着一朵白莲花一样的月亮。仿佛烟尘隔绝，独留那样的美，轻轻在荡。我呆呆站在那里，仰头看，动弹不得。天空澄清，杉树安详，鸟睡了吧？我仿佛听到鸟的呼吸。月光的羽毛飞起来。那会儿，周遭的一切，静止成水墨画。

很奇怪的是，我常常会忘了很多的人，很多的事，却独独清晰地记着那晚的月色，有意无意总会想起。就像此刻，窗外阳光飞溅，鸟声啁啾，我又想起那晚来——月亮，树，鸟，还有，呆立在月下的我。我们就那样相逢在夜色中，亘古不变的模样。

这大概便是安静的力量，于无声处胜有声。

我们笔下的文字，有时，要的也是这份安静，来营造出别样的意境。明代朱承爵在《存馀堂诗话》中说："作诗之妙，全在意境融彻，出音声之外，乃得真味。"这里，他说到作诗的美妙，在于"意境"的营造，而好的意境，又在音声之外。推及作文，我以为一样。没有文章能离得了意境的，它会为你的文章增添所需的色彩、温度和味道。

只是，意境的深远与否，常常决定了一篇文章是炫目的，还是平淡的。是令人一见难忘的，还是叫人根本记不住的。这就要求我们在作文时，要能精于意境的营造，就像朱承爵所主张的，出音声之外。换句话讲，也就是说，你笔下所营造的意境，并非是喧哗的、大张旗鼓的，而是安静的，从容的，是慢慢渗透，静静烘托，使整篇文章入了味，唇齿留香。

在下文《回家》中，我用寥寥数笔，营造出一种别样的意境：

"出门去，阳光荻絮似的，淡淡轻拂。午后的村庄，安静得很像一捧流水，只剩下老人和孩子了，——其实，孩子也没见着几个。只有几只狗，主人似的，满村庄溜达，不时吠上一两声。我以为，它们是寂寞了。"

这里，阳光是静的。村庄是静的。老人和孩子是静的。狗及狗的叫声，亦是静的。无须大肆用音和声铺张，村庄的孤独和日渐荒凉，却一下子走进了读者的心里面。

链接文章

回家

父亲生日，我记着，买了蛋糕和礼物，回家。

父亲很有些意外了，他根本没想到我能记着他的生日。他高兴得手足无措，在家门口转来转去，一会儿弯腰扶扶倚在墙边的扫帚，一会儿挥手去赶来凑热闹的鸡。我把买给他的礼物——一件外套拿出来，让他穿上试试。他不好意思起来，装作不在意地说，不就是个闲生日嘛，买什么衣裳。

我说，爸，闲生日也要过，以后每年我都会替你过。心下却黯然，父亲都七十有二了，又有几个生日好过？

父亲却满足得"嘀嘀"笑起来，我看到他混浊的眼里，有亮亮的东西闪现。我的举手之劳，一定在他心里掀起了万顷波澜。我和母亲在厨房里做饭，就听到他在外面大着嗓门，不厌其烦地告诉邻居二爹，我家二丫头特地请假回来给我过生日。不就是个闲生日嘛，还给我又买衣裳又买蛋糕的，他补充道。

母亲不屑，母亲说，你爸就爱吹牛。母亲的脸上，却荡满笑意，——母亲也是欢喜的。

饭桌上，不胜酒力的父亲喝多了，他重三倒四地叨叨，我真幸福啊。

我笑看可爱的老父亲，心里惭愧，从前的日子，我疏忽父母太多。好在还有当下的日子，我可以弥补。

出门去，阳光荻絮似的，淡淡轻拂。午后的村庄，安静得很像一捧流水，只剩下老人和孩子了，——其实，孩子也没见着几个。只有几只狗，主人似的，满村庄溜达，不时吠上一两声。我以为，它们是寂寞了。

我去田间转悠。这里，那里，都曾留有我少年光阴。我在地里挑过猪草羊草。我在地里掰过玉米，拾过棉花。我熟悉很多植物：车前子、牛耳朵、婆婆纳、一年蓬、黄花菜、苜蓿、菖蒲和苦艾。一蓬一蓬的苇花，在风中起舞，它们让我的目光，在上面逗留了又逗留。

一妇人趴在沟边锄草，身子都快躬到地上去了。她头上花头巾的一角被风撩起，露出里面灰白的发来，——竟是那么的老！记忆里，她辫一根乌黑的长辫子，健壮结实，挑着担子也能健步如飞。

我站定看她，她也看我，许久，她哎呀一声，这不是梅吗？

是我，姨。这么一答，我觉得鼻子有点酸。不知为何。

我看着她笑，在心里找着话。说点什么好呢？我没找着。她大概也找不着要说的话，就从地里拔一棵白萝卜给我，说，没有空心呢。我接过，摘了路边的蚕豆叶子擦擦，"咔嚓"咬了两口，——小时，我都是这么干的。我们一村的人，也都是这么干的。

　　她呵呵笑起来，很开心的样子。

　　你真孝顺啊，她终于又说一句。

　　我赧颜，又有些伤感。我听说过她的两个儿子，一个远去云南，做了人家的上门女婿。一个常年在外打工，极少回家。地里的荠菜花开得星星点点，奔放灿烂是春天的事。麦苗儿却绿滴滴的，让人忍不住想揪了一把吃。

　　望见麦田中的坟。这儿一座，那儿一座，那里住着我熟悉的村人。我祖父祖母的坟也在。隔着不远的距离，我在心里向他们致敬。

　　有他们在，村庄便永远在。

梅子的话

　　村庄还能走多远？我每回一次故乡，就伤感一回。从前的天空还在，大地还在，人却一个一个远离了，消失了。谁被谁遗忘了？——我站在老家屋后的河边会想。河水汤汤，倒映着一河两岸的村庄，青砖红瓦，抑或，青砖青瓦。树木葱茏。麻雀和喜鹊，争相飞过竹林上空去。一簇一簇的野菊花，开在河岸边。

　　我的文字，要描下它现时的模样。我能为它做的，也只有如此。

第五章　意境，在音声之外　　219

小人物身上的人性光芒

我们一起来看几个生活中的小镜头吧：

镜头之一，某菜市场门口。

喧闹的人群中。一个男青年，坐在一堵墙跟前，面前摊着一幅幅作好的画。他的左边是卖大白菜的。他的右边是卖鸡蛋的。人群涌过来，对着他，发出惊讶声。原来，他没有双臂，两袖空空，他在用脚作画。

青年面含坚毅，画牡丹，画芍药，画茉莉，画蔷薇。花朵饱满，朵朵艳丽。他也画丝竹，画向日葵。竹拔节而长，向日葵硕大金黄。围观的人一拨走了，又一拨来，人人脸上既怜惜，又敬畏，大家叹，真不简单！

我在青年的身上，看到人性温暖的光芒。努力活着，活出自己的色彩来，那是一件再温暖不过的事。

镜头之二，某水果摊。

卖水果的女人，红唇白衫，坐在一排卖水果的灰扑扑的人里面，显得分外妖娆。人们都爱到她的水果摊上去，她的生意因此特别好。

女人的境况并不好，男人多病，少有收入。她一个人撑着家，还要供念高中的儿子读书。女人却不颓废不抱怨，每天出摊前，都把自己收拾得漂漂亮亮的，给自己的唇，涂上鲜亮的口红。

女人让人看到的，不是灰暗，而是明媚。

镜头之三，某广场。

暮色四合。城市的灯火，次第点亮。跳舞健身的人们，渐渐聚拢而来。音乐响起来，人们舞起来。

她来了。每日，她必准时到来。她放下扛在身上装垃圾的蛇皮袋，拢拢有些灰白的发，理理褶皱的衣，便站到了跳舞的人群里。周围的人对她微笑点头，她回他们一个笑，开始跟着音乐跳起来。夜色中，她和他们融合在一起，分不清谁和谁了。

是的，她是个捡垃圾的老人。她的身上，有股高贵的气韵。

这些镜头里，都是些寻常的小人物，他们默默生活在自己的一隅，拥有艰辛无数。然他们不抛弃，不绝望，如砖缝里的草，不屈不挠地活着，心怀美好地活着。

我想，我们的写作，有时要做的，就是发现他们，记录他们，用他们身上人性的光芒，来温暖和激励这个尘世。当有一天，你的文字抵达他们身上，纵使你的笔下没有山高水长，没有波澜壮阔，没有惊天动地，有的，只是寻常相遇的一段，但它所焕发出的力量，足以感动成千上万个心灵。因为，那是最真的拥有——安详，执着，充满希望，是这个尘世里，绝大多数人所热爱的模样。

链接文章

女人如花

她居然叫如花，王如花。别人唤她："如花，如花。"乍听之下，以为定是个有着闭月羞花之貌的小女子。而事实上，她快五十岁了，人长得粗壮结实，脸上沟壑纵横。

最感染人的是她的笑，笑声朗朗，几里外可闻。我最初是因她的笑注意到她的，一群人中，她的笑，如金属相扣，丁丁当当。

门楣儿不惹眼，是一间旧房子，上悬一块木牌：家政服务中心。一屋的人，不知说起什么好笑的事，惹得她笑得上气不接下气。看到我在看她，她的笑并未停住，而是带着笑问："小妹子，你需要什么服务？"说话间，她已掏出她的名片，递到我跟前。

这委实让我吃一惊。低头看她的名片，"王如花"三个字，显目得很。底子上印一朵硕大的红牡丹，开得喜笑颜开。背面的字，密密的，从做家务活到做护理，她一一道来，似乎样样精通。当得知我只是需要清洁房子时，她手臂有力地一挥，爽朗地笑着说："这事儿简单，包在我身上，我保管帮你把房子打扫得连颗灰尘粒儿也找不着。"

当日，她就带了两个女人到了我家。一个年纪轻的，她说是她侄女，大学毕业了一直没找到工作。"干这个也挺好的，小妹子你说是不是？"她笑着问我。一个年纪稍大一些的，她说是她妹妹。"在家闲着也闲着，我让她来搭搭手。"她乐呵呵说。

我看看楼上楼下，这么大的地方，我充满疑虑，我说："你们行吗？"王如花哈哈大笑起来，她说："小妹子，你放心吧，我说行。"

她果真行。不到半天时间，我家里已大变样，窗明几净，地板光鉴照人。她额上沁满汗珠，笑声却一直没停过。她说："小妹子，我说个笑话你听啊，有次有个男人，打电话到我们家政服务中心，让人把煤气罐从楼下扛到他家住的六楼去。我去了，那男人一看是我，不乐意了，说，咋不叫个男的来？我说，我先试试。我扛了煤气罐就上了楼，他单身人跟后面追都追不上。"

跟我说起她的故事来，她也一直笑着。男人因病瘫痪在床，都十多年了。唯一的儿子，跟了人学坏，被判刑入狱，现在还待在牢里。她去探监，跟儿子说了这样一句，儿子，妈妈会陪你重活一次，就当重生养你一回。说得儿子眼泪汪汪。

她说："小妹子，我儿子会学好的。"

她说："只要人在，日子会好起来的。"

我点头，我说："我信。"

她的活干得利索，收费也公道。结完账，我把清理出的一堆废报刊，送给了她。她很开心，冲我朗声笑道："小妹子，以后你家里有事需要我，你只要打我名片上的电话，我保管随叫随到。一回生，二回熟，我们以后就是老朋友了。"

我因她那句老朋友的话，独自莞尔良久。

小城不大，竟常遇到王如花。遇到时，她老远就送上朗朗的笑来，热情地跟我打招呼。有时，我在前面走着，突然听到后面的人群里，有人叫："如花，如花。"而后，我听到一阵笑声，如金属相扣，丁丁当当。不用回头，我知道那准是王如花，心里面陡地温暖起来、明媚起来。

梅子的话

我总是很容易被一些寻常感动。譬如,街道转角处,那对卖瓜子的老夫妇。老先生称秤,老妇人收钱,他们默契得如同一个人。譬如,桥头那个卖鞋垫的妇人。她不时挥动手上的拂子,掸去鞋垫上的尘。譬如,某日逛街,我看到一个踏三轮车的车夫,在车把上插一朵捡来的康乃馨,一路高兴地哼着歌。

每每写作,我的笔都无法忽略他们,我用他们来丰满我的文字。

一滴水的光芒

你留意过一滴水吗？

这滴水，或许是雨水，是"斜风细雨不须归"中的那一滴；或许是晨露，是"天上碧桃和露种"中的那一滴；或许是瀑布，是"飞流直下三千尺"中的那一滴；或许是溪流，是"溪水连天秋雁飞"中的那一滴。

无论雨水、晨露、瀑布、溪流，都离不开那一滴水。人说百川到海，莫若说，是一滴水到海。我们赞叹海的浩渺如烟、波澜壮阔，却很少去想，其实，全是一滴水的功劳。

我之所以这么费力地提到一滴水，那是因为，我一直喜欢并坚持着，一滴水的写作。

不少人写作，贪大，贪全，贪恢宏。他们以为只有大而全，只有恢宏，文章才叫有气魄。当然，不可否认，这样做，有时确实能出精品力作。但一般的写作者驾驭文字的能力，都没达到那种境地，面对恢宏，面对庞大，往往手足无措。下笔之际，口子开得大大的，写着写着，却怎么收也收不住，最终导致鱼目混珠，条理不清。你要叙述的事件，反倒乱成一团麻，让人不知所云，削弱了事件本身的力量。

这个时候，丢掉恢宏，学会一滴水的写作，就很有些必要了。

第五章 意境，在音声之外

我说的一滴水，是指发生在你身边的，那些微小的事物。我们都是寻常之人，过的都是简朴的日子，每日能遇到的，也都是些微小。若你能从这些微小的事物下手，就很能容易找到文章的切入点。这样写，开口看上去虽很小，却能小中见大。行笔起来，会顺畅自然，线索明朗，不会跑题万里。

曾有孩子拿了"幸福"这个话题，来问我怎么写。我问他，关于幸福，你都想到些什么了？他眨了眨一双可爱的大眼睛，回答我，说，想到国家的幸福，社会的幸福。

嗯，值得鼓励。可这样的幸福真不大好写呢，因为太过恢宏。我对这孩子说，咱先不去想国家的幸福、社会的幸福好吗？咱想想一个人的幸福吧，具体到生活中的一个普通的人，像你，像我。因为，人是社会中人，是国家中人，一个人的幸福感，在很大程度上反映出一个国家和一个社会的幸福感。

我给他讲了我亲历的一件事。某日我晚归，当时路上的行人已很少，一个城安静着。在街头一角，在昏黄的路灯下，我突然看到一三轮车夫，正倚着他的三轮车，专心致志地数着一堆零钱。那该是他一天的劳动所得。他一张零钞一个硬币地数过去，再数过来，脸上荡着笑意。他或许想到家中守候的妻儿，他要带着这些钱回去，美美喝上一口小酒，吃点妻子早就备好的小菜，享受他的惬意时光。那一刻，我看到了幸福的模样。

这就是"一滴水"。这样的"一滴水"所折射出的光芒，虽小，却足以让我们的眼睛为之一亮。

我下面链接的文章《口红》中，也有这样的"一滴水"。生活困顿的女人，从没湮没对美的向往，一管口红，是她对生命的热爱。有时我们的身体虽处在低处，但灵魂，仍可以向着高处奔去。

链接文章

口红

女人想要一款口红，想好久了。

玫瑰红的。女人看见来她地摊前的女顾客唇上，抹着那种色彩的口红。女顾客的嘴唇看上去娇嫩欲滴，像两瓣玫瑰花。女人的眼光扫过去，女人就移不开眼光了。

女人后来又在不同的女顾客唇上，看到了那种红，娇嫩的，鲜艳的。

女人也想这么鲜艳一回。

大半辈子过下来，女人一直生活在奔波忙碌中。小时，家里兄弟姐妹多，不用说口红，连吃穿都成问题。待到嫁了人，男人与孩子，成了女人的天，女人围着他们团团转，根本没有心思去装扮。孩子稍大一些，女人和男人，双双下了岗，当务之急，是解决生存问题。口红？女人压根儿就没想过这回事。后来，男人去开出租，女人摆了地摊，卖些杂七杂八的小物件。

女人的摊子，摆在一条街道边。那里，有一溜儿排开的摊子，卖水果的，卖服装的，卖烧烤的，卖小炒的，烟火凡尘，熙熙攘攘。摊主大多数是些中年妇女，她们衣着随便，皮肤黝黑，看上去比实际年龄大许多。女人看见她们，就望见自己，她在心里叹一口气，想要那款口红的欲望，越发强烈了。

这辈子，女人就想鲜艳一回。

很快，女人的生日到了。男人问："想要什么？"

女人没好意思说要口红。女人怕吓着男人，摆地摊与抹口红是不搭界的。何况，她年纪已是一大把了。

女人却无法放下对那款口红的想念。

女人终于鼓起勇气走进商场。在化妆品柜台，她一眼就看到了那款口红。千真万确，就是它，玫瑰红的！它站在柜台上的商品架里，和其他口红一起，鲜艳娇嫩，等着嘴唇来与它相亲。

女人激动了，她在商品架旁不停地打转，怕别人瞧见了笑话，她只能看一眼那款口红，再看一眼别的化妆品。卖化妆品的女孩，甜甜蜜蜜地朝她走过来，涂得鲜红的两片小嘴，轻轻张开："阿姨，您想买什么？"

女人盯着女孩两片嘴唇看，慌了，伸手一指："我想要点凡士林，天天风里吹的，手都裂了小口子了。"

女孩粲然笑了："阿姨，我们这里不卖凡士林的，要不，您去超市看看？超市可能有。"

女人尴尬地"哦"了一声，红了脸，退出门去。心却不甘，她在大门口徘徊半天，终又再次走进商场。

这回，女人直奔那款口红去了。女人未等卖化妆品的女孩开口，就指着那款口红说："我想买……这个，送给我女儿。"女人撒了谎，她只有一个儿子，并无女儿。

口红的价钱，超出女人的想象，一百多块呢。女人还是买下它。

女人揣着口红回到家，立即对着镜子，在唇上抹开了。镜子里的红唇，像两瓣玫瑰花。女人独自欣赏了会儿，拿纸巾，轻轻擦掉。

出门，女人继续去摆她的地摊，容光焕发。和她相邻摆水果摊的妇人，盯着女人的脸看半天，说了句："你今天的气色真好。"

女人笑了。因为心上装着一款口红，整个人，竟不一样了。女人想，以后每天都这么抹两下，美给自己看。

梅子的话

　　这个故事,是我从菜场捡来,再经我加工而成的。

　　那日一大早,小雨,天空灰暗,我去菜场买菜。于嘈杂和乱哄哄之中,我看到卖鱼的女人,唇上一点红。在她粗糙黝黑的脸上,很是突兀。显然,那是她用心抹上去的口红。只见她一手操鱼,一手操刀,手脚麻利地给鱼剖肚、刮鳞,身上沾满鱼腥味。但她唇上的那一点红,却像一朵盛开的花,让一个灰暗的清晨,都为之鲜艳明亮了。

别把人物脸谱化

从前看电影，人物一出场，我就知道他（她）是好人还是坏人，因为那是极具脸谱化的。好人一般都长得英俊端庄，一脸正气。坏人长得丑，不是歪鼻子吊着眼珠的，就是呲着几颗大龅牙。战争片里，是革命英雄还是汉奸，也是一眼就能看出来的。英雄衣着整洁，走路昂首挺胸。汉奸一般梳三分头，衣服扣子不好好扣着，走路哈着腰，一步三摇，一副猥琐样。

影视剧里如此，文学作品里也如此，人物塑造有时过于千篇一律化。好人，就一定是高、大、全的，从小就有颗金子般的心，大公无私，好事做了一箩筐。事实上，哪里会是这样的？每个人身上都存在弱点，英雄小时也打过架的，也偷摘过人家树上的桃子吃的。能勇敢跳下水去救落水者的，也许只在一个闪念间。他长得不高大也不健壮，他对一些小事情也会斤斤计较。

还有写到父母，一定是白发苍苍。一定是腰弯背驼。一定是满脸沧桑。其实，哪里是？我们现在一些父母不但外貌显年轻，而且极时髦极漂亮。我们笔下人物的脸谱化，使人物丧失了他们特有的个性，失去应有的魅力。

《巴黎圣母院》里的敲钟人卡西莫多，又聋又哑，形象怕人——几何形的脸，四方形的鼻子，向外凸的嘴。上帝似乎把一切的丑都附加到他身上。他默默地爱着好姑娘爱丝米拉达，直至最后献出自己的生命去救她。丑陋的外表下，裹着的却是一颗纯洁而高贵的灵魂。

夏洛蒂·勃朗特的《简·爱》里，同样刻画了一个让人印象深刻的人物——简·爱。简·爱从小父母双亡，寄养在舅舅家，受尽非人的虐待。后被送进孤儿院，继续遭受肉体和精神的双重摧残。好不容易长大成人，却长成了一个身材矮小相貌平平的姑娘。她应聘前去桑菲尔德庄园做家庭女教师，在一群衣着华丽的上层贵族中间，她始终不卑不亢，竭力维护自己的自尊，赢得了桑菲尔德庄园主人的倾慕。她说出这样一段震撼人心的话：

　　我贫穷，卑微，不美丽，但当我们的灵魂穿过坟墓站在上帝面前的时候，我们是平等的。

　　小写的人，最终成了大写的人。这才是文字真正的魅力所在。

链接文章

古怪的老头

　　李老头是小区里的一大怪人。我刚搬进小区时，好心的邻居就提醒我，别去招惹那个李老头。

　　小区是老式小区，不少居民在这儿已生活了几十年。李老头也是老居民之一，他独居在一幢楼的底层，门前有一个小院子。花草葱茏了一院子，却无邻居去赏，——李老头与邻居们素无往来。

　　邻居们偶尔在背后议论，说的都是李老头的古怪——屋子里只装两只四十瓦的小灯泡，房间一只，厨房一只。电视机还是黑白的，巴掌般大，不知是谁淘汰下来的。下雨天，他拿了大盆小盆蓄水，水浇花，也供他冲卫生间。年纪一大把了，为了省几个小钱，他走很远的路，去郊外菜农家里买蔬菜。据说他从前上过前线打过仗，是个老军人，一个月的退休金也有好几千的。老伴十多年前过世了，唯一的儿子在外地工作，不要他负担一分钱。他却抠得很，省吃俭用，身上穿来穿去的，就那几件灰扑扑的衣裳。还曾有人撞见，他宝贝似的，捡起垃圾桶里，旁人丢弃掉的运动鞋。不几日，那双运动鞋，到了他的脚上。

没事的时候，他爱背着双手，在自家院门前转悠。脸板着，不笑，像结了一层霜。斜卧在他脸上的一道伤疤，便显得格外刺眼，紫红紫红的，让他看上去有些怕人。他用质疑又审视的目光，打量着路过他家院门前的每一个人。在他眼里，仿佛每个人都是可疑的，都有觊觎他家财富的可能。

他家有什么财富呢？不过是院墙边长的几棵葱，还有院子里的一棵枇杷树。那棵枇杷树倒是高大茂密得很，枝条儿都伸到院墙外来了。枇杷果子才有核桃那么大时，他就在树下守着。这还不够，他还找来一张网，把树整个地兜着。说是防鸟，其实是防孩子呢。小区里有几个半大的孩子，上学放学都要从他门前过。一树黄澄澄的果实，招惹得孩子们嘴馋，孩子们眼睛盯着树上的果子，却没有谁能摘到一颗。有孩子出主意，晚上，等李老头睡着了，去偷。于是到了晚上，就真的有两个孩子过来了。他们轻手轻脚走到树下，刚刚仰头望向那树，就听到李老头在院墙内咳嗽，声音威严，是警告了。两个孩子吓得一溜烟跑了，从此，再没有孩子敢觊觎他家的果子。

果子成熟了，累累地挂了一树，金黄灿烂。李老头一个也不剩地摘下来，装袋子里，运到街上去。有邻居上街，看到李老头在路边摆了小摊，在卖枇杷。大太阳照着，他全然不顾。

邻居回来说起这事，大家都直摇头叹息，这个抠老头，要那么多钱，又带不进棺材去，何苦呢？李老头应该有所耳闻吧，却愣是装着没听见，他继续用他40瓦的灯泡。继续看他巴掌大的黑白电视。下雨天了，也还拿着大盆小盆接水。也还走很远的路，到郊外菜农家里去买蔬菜。邻居们背地里，都称他"铁公鸡"。

直到有一天，省报来了一个记者，摸到小区来，专门找李老头。记者很激动，告诉小区里的人，这位李老先生，拿出一大笔钱，挽救了一个孩子的命。那是偏僻乡镇的一个小女孩，读小学三年级，患了白血病，家里没钱看病，眼看孩子没救了，李老先生从报上得知后，寄了一笔钱给这户人家，使得孩子的病，顺利得到救治。李老头的事迹得以传开。大家还知道他出资给一个山区小学建了图书馆。还知道他一直在资助几个贫困孩子读书。还知道他不定期地给敬老院送钱送物。

这以后，李老头还是个严厉得有些古怪的老头儿，然大家看到他时，都打心眼里尊称他一声，李爹。

梅子的话

我们看人，难免会以貌取人。貌相好的，我们认定他（她）是好人，赶着去亲近。貌相不好的，我们首先生了厌恶，尽管他（她）示好，我们也一定远离。我们也容易从一个人的行为举止上来作判断，自以为是地下结论。像上文中的李老头，日子节俭得近乎吝啬，整天严守着他的枇杷树，生怕孩子们偷摘了吃——这样的一个老头儿，自是不讨人喜，大家也都认定他不是个良善之人。然真相多少有些出人意料，他竟是个大好人。李老头在小处的吝啬与刻板，成就了他在大处的善良。

进入角色

我写过一个故事《心上有蜻蜓蹁跹》,里面的主人公叫秦晨蕊,这名字当然是我给她取的。文章发表后,好多人认为那就是我的真实故事。后来我在一本杂志上,赫然看到有人自作主张,给我刊出这样的个人简介:

"丁立梅,本名秦晨蕊。"

这真叫我哭笑不得。我不得不一次又一次出面解释,秦晨蕊不是我,那是我创作出来的一个人物。

不过,我又是蛮开心的,文章能达到这样的效果,让人误以为是真实事件,这说明,写得还不赖。

人生就是一场大戏,每日里,各色人等粉墨登场,演绎着属于他们的故事。或平凡。或曲折。或喜悦。或悲伤。我们写作者不仅要当好观众,必要的时候,还要参与其中,成为一个角色。

是的,你要走上台去,把自己融入他们的角色中去,同他们一起悲欢离合。在他们的戏剧里,你扮演的或许是女儿。或许是儿子。或许是母亲。或许是父亲。或许是朋友。或许是萍水相逢的陌生人。或许漂泊在外。或许家庭优越。或许生活困顿。或许事业有成。或许潦倒不堪。——不知不觉中,他们就是你,你就是他们,你们交融在一起,乐也真切,痛也真切。这个时候,他们的故事汇聚到你的笔下,是一幕大戏徐徐在上演,拥有着鲜活的气息，和蓬勃的生命力，让人观之，分不清哪是现实，哪是梦境，如临其境，身同感受。

我有位写小说的作家朋友，一次我去看他，他眼睛红红的，情绪相当悲切。他一见我，大恸，连声叹，麦虹死了，麦虹死了。我吓一跳，以为出了什么事。待他情绪平复，问及，他很不好意思地笑了，告诉我，他刚刚完成了一部小说，麦虹是他小说里的主人公，一生磨难，为爱执着，最后，却被辜负，客死他乡。

也许有人觉得我这个小说家朋友的好笑，小说都是虚构的嘛，怎么就把自己弄哭了？我却深有感触，对一个写作者而言，如果不是入戏太深，又怎能写出感动他人的作品来？据说曹雪芹在创作《红楼梦》时，曾三番五次掷笔大哭，为他笔下的女儿家。他的哭，使得一部《红楼梦》，成了至今无人能够超越的经典。

好的作品，首先要感动自己，才能感动他人。如果你也热爱写作，并且试图在这条路上走下去，那你不妨尝试着去扮演一些角色，进入角色，观众生之相，尝众生之苦乐。

链接文章

掌心化雪

那个时候，她家里真穷，父亲因病离世，母亲下岗，一个家，风雨飘摇。

大冬天里，雪花飘得紧密。她很想要一件暖和的羽绒服，把自己裹在

第五章 意境，在音声之外

里面。可是看看母亲愁苦的脸，她把这个欲望，压进肚子里。她穿着已洗得单薄的旧棉衣去上学，一路上冻得瑟瑟。她想起安徒生的童话《卖火柴的小女孩》，她想，若是她也有一把可供燃烧的火柴，该多好啊。她实在，太冷了。

拐过校园那棵粗大的梧桐树，一树银花，映着一个琼楼玉宇的世界。她呆呆站着看，世界是美好的，寒冷却钻肌入骨。突然，年轻的语文老师迎面而来，看到她，微微一愣，问："这么冷的天，你怎么穿得这么少？瞧，你的嘴唇，都冻得发紫了。"

她慌张地答："不冷。"转身落荒而逃，逃离的身影，歪歪扭扭。她是个自尊的孩子，她实在怕人窥见她衣服背后的贫穷。

语文课，她拿出课本来，准备做笔记。语文老师突然宣布："这节课我们来个景物描写竞赛，就写外面的雪。有丰厚的奖品等着你们哦。"

教室里炸了锅，同学们兴奋得喳喳喳，奖品刺激着大家的神经，私下猜测，会是什么呢？

很快，同学们都写好了，每个人都穷尽自己的好词好语。她也写了，却写得索然，她写道："雪是美的，也是冷的。"她没想过得奖，她认为那是很遥远的事，因为她的成绩一直不引人注目。加上家境贫寒，她有多自尊，就有多自卑，她把自己封闭成孤立的世界。

改天，作文发下来，她意外地看到，语文老师在她的作文后面批了一句话："雪在掌心，会悄悄融化成暖暖的水的。"这话带着温度，让她为之一暖。令她更为惊讶的是，竞赛中，她竟得了一等奖。一等奖仅仅一个，后面有两个二等奖，三个三等奖。

奖品搬上讲台，一等奖的奖品是漂亮的帽子和围巾，还有一双厚厚的棉手套。二等奖的奖品是围巾，三等奖的奖品是手套。

在热烈的掌声中，她绯红着脸，从语文老师手里领取了她的奖品。

她觉得心中某个角落的雪，静悄悄地融了，湿润润的，暖了心。那个冬天，她戴着那顶帽子，裹着那条大围巾，戴着那副棉手套，严寒再也没有侵袭过她。她安然地度过了一个冬天，一直到春暖花开。

　　后来，她读大学了，她毕业工作了。她有了足够的钱，可以宽裕地享受生活。朋友们邀她去旅游，她不去，却一次一次往福利院跑，带了礼物去。她不像别的人，到了那里，把礼物丢下就完事，而是把孩子们召集起来，温柔地对孩子们说："来，宝贝们，我们来做个游戏。"

　　她的游戏，花样百出，有时猜谜语，有时背唐诗，有时算算术，有时捉迷藏。在游戏中胜出的孩子，会得到她的奖品——衣服、鞋子、书本等，都是孩子们正需要的。她让他们感到，那不是施舍，而是他们应得的奖励。温暖便如掌心化雪，悄悄融入孩子们卑微的心灵。

梅子的话

　　我是很看不惯一些所谓的慈善家们的作秀的。资助谁了，资助什么了，是恨不得拿着高音喇叭，嚷嚷得全世界都知道的，全然不顾及被捐助对象的感受。——贫穷，到底是件可卑的事，谁愿意低着头，把自尊踩在脚下，接受别人的施舍？有时，他们还要赔上谦卑的笑，和一些言不由衷的感激的话。这根本就是彻头彻尾的伪善！

　　因自己曾是个贫穷的孩子，我很能体会得到那些被捐助者的心情。施人恩惠的前提是，首先要维护好他人的自尊，要做到不落痕迹，春风化雨，如我文中所写的语文老师所做的那样。这才是善良。

别让你的文字
变成塑料花

跟一个语文老师闲话学生作文。她不无焦虑地告诉我,现在有的学生写作文,完全是按应试的套路在写,组词、造句、铺垫、升华,早就在他们脑子里储存着了,什么题目用什么题材去应对,整篇文章用什么词语、段落去组织,他们闭起眼睛也能做。像按尺寸定做的一样,长短适宜,句子华美,你实在挑不出它的毛病,但就是觉得哪里不对劲。

是哪里呢?她困惑。

我接口道,是缺少真感情罢,整篇你读下来,只觉得假,非常的假,难以触动内心的柔软。

她想一想,点头称是。

纵观现在不少的所谓美文,其实也存在着类似的问题,精致,华丽,字字珠玑,似乎无懈可击。让人乍见之下,以为遇见了瑰宝,然细细端详了,那不过是一堆玻璃珠。一时哄骗了人的眼睛,却难以哄骗人的心。也许有人会坚持把它读下来,却不知作者所云,只是一堆华丽的词语、句子堆在一块儿,如同失去血液的骨头。这样的文章,很难叫人再去读第二遍,也自然难以对人产生影响,哪怕是些微的感动。——如果真是这样,你的写作,也只能叫失败。

确实有一些作者犯着这样的通病，以为字词不美，那不算文章；句子不美，那不算文章，通篇不华丽不忧伤，那不叫文章。于是乎，他们忘了他们手里拿的是笔，该用这支笔，一笔一画用心去陈述自己所见所感所思所悟。却把笔当镂刻刀来使了，钻研的是雕刻技巧，而不是怎样遵从自己的内心，以我手写我心。很遗憾，这样精雕细琢出的文字，美则美矣，只能当摆设，不能当精神食粮。读者对着它，少有怦然心动的。因为它们美得那么假，如漂亮的塑料花。有时虽可以以假乱真，甚至比真的花还要艳丽，却少了水灵和鲜活的神韵。

对，水灵。那是灵魂特有的质地。真正的文字，应该是有灵魂的，是鲜活的，是有生命的。正因如此，它才能让读者有所触动，如临其境，如遇其人，感同身受。

一个妆容过于精致的人，你总觉得她似乎戴了副假面具，远不及淡淡妆天然笑来得真实，叫人亲近。我们在写作的时候，当警惕。我们要尽量卸去文字多余的伪装，还它真实的面容，让山野之花，开成山野之花的模样，而不是开成牡丹或芍药。当然，它若是牡丹或芍药，也没必要开成山野之花，就做它的牡丹或芍药好了。

换句话来说，就是我们写作时，要多说一点自己的话，用点真实的贴近生活的语言。语言的好坏，是奠定一篇文章好坏的基准。凡尘俗世诸色人等，各有其合乎自己所处地位和身份的语言，孩子有孩子的，成人有成人的。又春夏秋冬花鸟虫鱼，哪一样，也都有着自己独特的"语言"。

我想起一段写冬至的文字，那是刊在一家报纸上的：

霜降过后，寒气来袭，温暖渐锁，天地冷凌，一弯瘦月也裹了霜意。月下的原野广袤沉静，寒潭隐藏深山，老鸦栖息枯枝。

初读，觉得好，真好，字字都绮丽，宋词般的。可再读，味不对了，因为你不知它在讲啥。且不说短短几句里，就用了好几个生僻的不沾烟尘的词语，如渐锁，如冷凌，如瘦月，这已很令人费解了。啥意思？是讲天气突然转冷了么？可与寒潭与老鸦有何关系？寒气不来袭，清潭就会出山么，老鸦就不栖息枯枝了么？且我们现在也少有见到寒潭和深山的老鸦。硬把这些意象凑在一起，弄成一幅诗意弥漫扑朔迷离的冬至图，实在假！

还是还原成正常的表达方式，说点正常人的话吧：霜降过后，天气变冷了，温暖渐渐散去，天地一片冷清。这样简洁地表达，多清爽多明白，多好！

链接文章

种花

我在我妈门前种花。

花的种子是我从网上淘来的。不过十来块钱，就能买上一小把。我乱七八糟买了很多，上面标注的是，小野花。好，就它。因为野，好长，合我的性子。

我妈听说我要种花，乐得眉开眼笑，一迭声答应，好啊好啊，家里有的是地方。她早早地把门前的一块地给收拾出来。那块地，原先长着蚕豆。蚕豆都开花了，眼看着结荚了，节俭了一辈子的我妈，却毫不吝啬地把它们全部拔掉。

我携着我的花种子回家。我妈高兴，她屋里屋外不停来回转，一会儿找铁锹，说要把地再整一整。一会儿又说要去地里挑蔬菜，给我中午炒着吃，忙得一团糟。却在那"一团糟"里，透出无比的幸福来。她的嘴一直咧着，合不拢了。她说，你一到家，家里的门槛都变高了变亮堂了。

这话说得我既开心又黯然，我们兄妹大了，各自有了家庭牵绊，难得回老家。家里只剩我妈我爸两个老人，暮气笼罩下，都是冷清。

我爸也忙活开了。他给那块地追加了底肥，还用钉耙给划拉出漂亮的地沟。我妈说，我和你爸特地跑去问人家找的鸡粪呢。想我的野花们真是有福，落户到我妈家，受到这等礼遇。

种子刚种下，我妈就给浇了一遍水，然后天天向我汇报门前地里的情形。有鸟来啄食，我妈又多了一项任务——赶鸟。整天忙得更是不可开交了。

一十八天后，种子们终于出芽了。我妈不时跑去看一回，告诉我，啊，那些小芽儿，像些小虫子在爬。我在心里面好笑着，这些小花儿不单充实了我妈的日子，治愈了我妈的孤独和冷清，还让我妈学会用比喻句了。

花儿们疯长起来，很快密密地长了一堆儿，你挤我我挤你的。原先的地方不够它们住了，我妈忙着给它们间种，把屋后也栽上了。

花抽枝了，花打花苞苞了，这都是大事儿，我妈很细致地向我汇报。平时少言寡语的老太太，变得碎嘴起来，语调里，都带着笑。

再一些天后，花终于开了，居然是漂亮的格桑花和波斯菊。红的，粉的，黄的，白的，不一而足。我妈的屋前屋后，像来了一群穿着鲜艳衣裳的幼童，整日里喧喧喳喳，跳跳蹦蹦，好不热闹。

蝴蝶们也来了，恋恋地绕着花飞。我妈说，没魂的蝴蝶啊。她那是形容蝴蝶多。那景象我不用想，也知道是怎样的绚丽。我妈不会用"绚丽"这个词，我妈说，好看呢，好看呢。

村里人没见过这些花，又好奇又羡慕，有事没事，爱转到我妈门前来看。孩子们更是日日频相顾。问我妈讨得几朵回去，开心得不得了。有人开始试探着问我妈讨要一些，回去栽种。我妈起初还吝啬着不肯给。我让她放心，这些花性子都泼，一长就是一大片的，只要想要的，都给。

于是乎，我妈门庭若市起来。我回去，我妈很嘚瑟地说，烦死了，天

第五章　意境，在音声之外　241

天有人来要花。

今天我妈又告诉我，隔壁村子里的谁谁谁，也跑来问她要花种子。格桑花开过了，我妈专门弄了个罐儿，收藏这些花种子。那罐儿比金镯子还珍贵，她看得可紧的。

我问我妈，那你给她了吗？老太太端起架子来，狡黠地笑，她来要了三回，我才只抓了一丁点儿给她，要的人多哩，我要省着点。她计划着明年，把门口的路边，也都给种起来。

我笑她，那不是谁都可以采了吗？我妈被我点破了心事，她嘿嘿两声，讪讪笑着，有点不好意思。

我很高兴，我随手丢下的一把花种子，能让我妈的晚年浸在花开的缤纷里。我更高兴的是，一个村庄，不，更多的村庄，都将因这一把花种子，而花开沸沸。

梅子的话

写作者最忌讳的，就是文艺腔。如果你的文字是一股子的文艺腔，是很不鲜活的，缺乏灵气和应有的神韵的。

还是让文字说点真话吧。小孩子有小孩子的语言，成人有成人的语言。小孩子说成人话，显得老气横秋，一点儿也不可爱。同样的，一个成人，动不动就"哇哦"，形容春天，下笔必写成"春姑娘来了"之类的，很显然，那亦是相当幼稚且可笑的。

燃一支烛火

我常想一个问题：我为什么写作，写作又是为了什么。

答案也只有一个：因为，我喜欢。我想通过文字，温暖我自己，温暖我能温暖到的人。

文学上强调，作品必须具备三个要素：一真，二善，三美。三者缺一不可。这里所说的"真"，是指作品的真实性。包括能否真实地反映生活的本质，以及作者是否怀有真实的情感；"善"，是指作品的倾向性，即作品对社会有什么意义和影响，以及作者是否怀有善良和怜悯；"美"，是指作品的完美性，既指作品的形式与内容是否和谐统一，是否有艺术个性，是否有创新和发展，也指作品内容是否符合人类的价值要求，是否能够使人愉悦。

我达不到这样的理论高度。但我，却可以具化到一点上来，那就是，写些温暖点美好点的文字，在文字里，燃一支烛火。

这世上，活着，是很容易的一件事，又是极艰难的一件事。每个人的一生中，或多或少要经历一些烦恼和伤痛，快乐是短暂的，忧伤才是伴随人的一生的。正因如此，我们才渴望被温暖被慰藉。这个时候，充满阳光的文字，就是最好的安慰。

我主张写阳光的文字，不是叫你有意回避灰暗和阴霾。文字的意义还在于敢于揭露黑暗，敢于直面难堪和淋漓鲜血。但，在展示伤痛之后，我们要懂得怎样去治愈。毕竟好好活下去,才是我们最终要做的事。

鲁迅先生在他的作品《药》里面,当夏家孩子就义后,他安排了这么两节描写:

华大妈跟了他指头看去,眼光便到了前面的坟,这坟上草根还没有全合,露出一块一块的黄土,煞是难看。再往上仔细看时,却不觉也吃一惊;——分明有一圈红白的花,围着那尖圆的坟顶。

他们的眼睛都已老花多年了,但望这红白的花,却还能明白看见。花也不很多,圆圆的排成一个圈,不很精神,倒也整齐。华大妈忙看他儿子和别人的坟,却只有不怕冷的几点青白小花,零星开着;便觉得心里忽然感到一种不足和空虚,不愿意根究……

乱世苍凉,世人迷失,然麻木之中,总有一些清醒的希望和执着在,如同坟上那些红白的花,在灰暗里,挣扎出一圈明艳。

我在下文的《种爱》里,也给出了这样的明艳。生命的消失,原是那样的沉重和悲怆,我用文字在那沉重里,种出了一院子的花来。——它很像暗夜里的一支烛火,让人忘了对黑夜的恐惧,而满怀希望地,期待着天亮的到来。

我们的人生,有时需要的,正是一支烛火的光明和温暖。因有了这支烛火的照亮,再多挫折,再多失望,也不至于过分孤寂和悲寒。

种爱

认识陈家老四,缘于我婆婆。

婆婆来我家小住,不过才两天,她就跟小区的人混熟了。我下班回家,陈家老四正站在我家院门口,跟婆婆热络地说着话。看到我,他腼腆地笑笑:"下班啦?"我礼貌地点点头:"是啊。"他看上去,年龄不比我小。

他走后,我问婆婆:"这谁啊?"婆婆说:"陈家老四啊。"

陈家老四是家里最小的孩子,父亲过世早,上有两个哥哥,一个姐姐,都已另立门户。他们与他感情一般,与母亲感情也一般,平常不怎么往来。只他和寡母,守着祖上传下的三间平房度日。

也没正式工作,蹬着辆破三轮,上街帮人拉货。婆婆怕跑菜市场,有时会托他带一点蔬菜回。他每次都会准时送过来,看得出,那些蔬菜,已被他重新打理过,整整齐齐干干净净的。婆婆削个水果给他吃,他推托一会儿,接下水果,憨憨地笑。路上再遇到我,他没头没脑说一句:"你婆婆是个好人。"

却得了绝症,肝癌。穷,医院是去不得的,只在家里吃点药,等死。精神气儿好的时候,他会撑着出来走走,身旁跟着他的白发老母亲。小区的人,远远望见他,都避开走,生怕他传染了什么。他坐在我家的小院子里,苦笑着说:"我这病,不传染的。"我们点头说:"是的,不传染的。"他得到安慰似的,长舒一口气,眼睛里,蒙上一层水雾,感激地冲我们笑。

一天,他跑来跟我婆婆说:"阿姨,我怕是快死了,我的肝上,积了很多水。"

我婆婆说："别瞎说，你还小呢，有得活呢。"

他苦笑笑，说："阿姨，你别骗我，我知道我活不长的。只是扔下我妈一个人，不知她以后怎么过。"

我们都有些黯然。春天的气息，正在蓬勃。空气中，满布着新生命的奶香，叶在长，花在开。而他，却像秋天树上挂着的一枚叶，一阵风来，眼看着它就要坠下来，坠下来。

我去上班，他在半路上拦下我。那个时候，他已瘦得不成样了，脸色蜡黄蜡黄的。他腼腆地冲我笑："老师，你可以帮我一个忙么？"我说："当然可以。"他听了很高兴，说他想在小院子里种些花。"你能帮我找些花的种子么？"他用期盼的眼神看着我。见我狐疑地盯着他，他补充道："在家闲着也无聊，想找点事做。"

我跑了一些花店，找到许多花的种子带回来，太阳花、凤仙花、虞美人、喇叭花、一串红……他小心地伸手托着，像对待小小的婴儿，眼睛里，有欢喜的波在荡。

这以后，难得见到他。婆婆说："陈家老四中了邪了，筷子都拿不动的人，却偏要在院子里种花，天天在院子里折腾，哪个劝了也不听。"

我笑笑，我的眼前，浮现出他捧着花种子的样子。真希望他能像那些花儿一样，生命有个重新开始的机会。

一晃，春天要过去了。一天，大清早的，买菜回来的婆婆，惊乍乍地说："陈家老四死了。"

像空谷里一声绝响，让人怅怅的。我买了花圈送去，第一次踏进他家小院，以为定是灰暗与冷清的，却不，一院子的姹紫嫣红迎接了我。那些花，开得热烈奔放，像飞来一院子的小粉蝶。他白发的老母亲站在花旁，拉着我的手，含泪带笑地说："这些，都是我家老四种的。"

我一时感动无言，不觉悲哀，只觉美好。原来，生命完全可以以另一种方式，重新存活的，就像他种的一院子的花。而他白发的老母亲，有了花的陪伴，日子亦不会太凄凉。

梅子的话

我对刚起步学写作的孩子们说，要多写点积极的温暖的文字呀。

文字骗不了人，你给它温暖，它回报你的，将是加倍的温暖。年轻的孩子心里若驻着阴暗和抑郁，是极可怕的一件事。

有人曾好奇地问我，你写了那么多阳光的文字，是不是你的生活，一直很顺啊？我笑了，我亦遇到过种种挫折，亦有过失望灰心的时候，但我相信，风雨过后有彩虹。

还是让我们在文字里，燃上一支烛火吧，不仅仅给自己光明，也给他人带来光明。哪怕那光是微小的，只能照亮一小段路程，你的文字，亦是有价值的。